謎多きナタリーの兄
ユリアン
雷魔法の天才に成長
ナタリー

四大祭優勝を目指す主人公
オーウェン
身体強化を極めし第三王子
ベルク

# 悪徳領主の息子に転生!?

## ～楽しく魔法を学んでいたら、汚名を返上してました～ 2

米津

ぶんか社

C O N T E N T S

# 第四幕

鬱蒼《うっそう》とした森の中は、奇妙《きみょう》な静けさに包まれていた。

ヨクゾラの大森林——魔物が頻繁《ひんぱん》に出てくる場所だ。危険が伴《ともな》うため一般人は立ち入りが制限されている。

特別に、クリス先生から大森林の入り口付近の行動を許可されている。訪《おとず》れる者といえば、ハンターがほとんどだ。しかし、そもそもハンターの数自体が少ない。

ハンターという職業はリターンが大きく、巨大な魔石《ませき》は宝石よりも価値がある。それを見つけさえすれば、一生遊んで暮らせるお金が手に入る。

だが、高値《たかね》で取引される魔石の採集場所には強力な魔物が出現しやすく、ハイリスク・ハイリターンを覚悟《かくご》で挑《いど》まなければならない。

ハンターをやっているのは、よほど酔狂《すいきょう》な者か、貧困《ひんこん》に苦しんでいる者くらいだ。能力の割に低く見られる職業と言える。

そういうわけで、この森で人と遭遇《そうぐう》することはめったにない。

人の出入りが少ないため、草木をかき分けて進む必要がある。

怖いのは、草むらなどから突然、魔物が現れることだ。

警戒を怠らず、いつでも身体強化を発動できるように構えながら進む。

季節は春。

特別に寒い季節ではないが、森の中は日が当たらず冬の名残《なごり》で肌寒《はださむ》さを感じる。

しばらく歩くと、うがあぁぁぁと叫《さけ》ぶ一体のオークと遭遇した。

人の耳では、魔物がうめき声を上げているようにしか聞こえない。

しかし実際は、うめき声で彼らはコミュニケーションを取っている。

オークは殺気《さっき》をまき散らし、睨《にら》んでくる。

複数のオークが相手だったら多少手間取るが、一体だけなら楽勝だ。

ポンと手の平から飛び出した巨大な火の球が、オークに向かって放たれる。

「大火球――!」

――あぁうがあああぁぁぁ
あまりの熱さに叫び声を上げるオーク。

オークは体中が燃えた状態でその場に倒れ、土の上を転がり悲鳴を上げる。しかし、火の勢いはなかなか衰えず、間もなくオークは息絶えた。そして、灰となって消えていく。

オークが魔障石《ましょうせき》になったのを確認すると、俺は再び歩き始めた。

今年から中等部《ちゅうとうぶ》1年生になる。とは言うものの、初等部《しょとうぶ》からエスカレーター式で中等部に上がるため、今までとそう環境は変わらない。

ちなみに、俺は次席《じせき》で初等部を卒業した。主席《しゅせき》はナタリーだった。

前世《ぜんせ》の知識があるのに、なんで負けたかって?

前世で習った内容が、ほとんど役に立たなかったんだ。日本の歴史とか、絶対こっちで使えねーだろ。前世では理系だったため、歴史には詳しくないが……。

「私の勝ちね」

そう言ってドヤ顔するナタリーは、正直に可愛いと思った。

負けたことにする悔しさは、少しだけある。ほんの小粒程度の悔しさだけどな。ほんとだぞ？

過去の回想をしながら、森の奥へと進んでいく。

学園入学時と比べて魔法の威力《いりょく》が向上し、オークを一撃で倒せるほどまでなった。

おそらく今の実力なら、ハイオーク相手にもっといい勝負ができるはずだ。

もちろん、遭遇したいとは思わないが。

何度か魔物と遭遇しながら、目的のところまでたどり着く。

そこには、一際《ひときわ》大きな樹木があった。何本にも分かれた枝にはびっしりと葉がついており、太陽の光を全身で浴びた樹木は、生命感に溢れている。

普通、森の中の木であれば、他の木と日光を取り合う。しかし、この大木に関しては、他の木が敢《あ》えて避けているように見える。精霊樹《せいれいじゅ》と呼ばれる不思議な木だ。

魔物は精霊樹を嫌うフシがある。

理由は、この木から発せられる粉にあるらしい。

魔物が嫌う匂《にお》いを発しており、より強力な魔物ほど精霊樹の匂いを嫌う。

精霊樹の一部を切り取って、有効活用できないかと考える者もいたらしい。

しかし、精霊樹は決まった土地でしか効果を発揮せず、他の土地ではすぐに枯《か》れてしまったり、魔除《まよ》けの効力を失ったりする。

精霊のような気まぐれさと神秘性《しんぴせい》から、精霊樹と呼ばれている。

精霊樹の近くは、ハンターの休憩所《きゅうけいじょ》にもなっている。

もちろん、全ての魔物が近づかないわけではないが、他の場所と比べると幾分《いくぶん》安全だ。

「ふー、一つ休憩しよう」

独《ひと》り言《ごと》を呟《つぶや》く。よいこらしょ、とおっさんくさいセリフを吐きながら腰を下ろす。

ここより奥に行くと、魔石がちらほら見つかるらしい。その代わり魔物も強力になるため、奥に進む気はない。

そもそも、今回の目的は魔石じゃない。

俺がここに来た理由は他にある。

「おっ、あった」

精霊樹の近くにしか咲かない白透花《はくとうか》。花びらが透明《とうめい》で、雄《お》しべが黄色い白透花からは、なんとも言えない儚さを感じる。

これを採りに来たのだ。

白透花の周りの土を掘り起こし、根っこから丁寧《ていねい》に花を摘む。

そして、持ってきた布製の茶色い収納袋《しゅうのうぶくろ》に花を入れる。

「よし、これで大丈夫だ。」

俺は、ほっと胸をなでおろす。

明日は、成績上位者だけが参加できるパーティーがある。

毎年、入学式の前日に行われ、俺は今年で3回目の出席になる。

このパーティーでは、パートナーに花を贈るという慣習《かんしゅう》がある。

そのため、わざわざ花を用意しなくちゃいけなかった。

学園街《がくえんがい》にある花屋で買えばいいのだが、

「白透花が欲しいわ」

パートナーであるナタリーに言われた。

白透花は精霊樹から発せられる粉によって、透明で美しい形を保っている。

しかし、精霊樹がない環境では、2日と持たずに枯《か》れてしまう。

とても繊細で綺麗な白透花。ナタリーが欲しい気持ちもわかるが、そのためには前日に採ってこなければならない。

ただ、実物を見ると、無理をして採ってくる価値はあったなと思う。

透き通るような透明さと、そこから醸《かも》し出される儚《はかな》さは、見ている者をうっとりさせる。

寿命《じゅみょう》が短いからこそ、美しさを感じるものもある。

クリス先生から許可を貰《もら》うのはそれなりに大変だったが、正直にナタリーに白透花をあげたいって言ったら、許可をもらえた。

そう言えばあのとき、クリス先生はニヤニヤしていたな。

なんだったんだろう？

まあ、いいや。どうせ、あの人の考えるようなこととは、しょうもないことだ。

「よし、帰るか」

俺は収納袋をポケットの中に入れて、立ち上がった。

パーティーは、学園にあるホール会場で行われる。高等部《こうとうぶ》にあるダンスパーティー用の部屋。

シャンデリアが天井から下がっており、少し暗めの照明が落ち着いた雰囲気《ふんいき》を醸し出している。

中等部1年生の中から呼ばれているのは8人。

その中には、ナタリーやベルク、ファーレン、エミリアなどがいる。

毎年あるパーティーであり、顔ぶれが変わることは少ない。

実力主義を表すように、上位数名が優遇《ゆうぐう》されるというわけだ。優秀な者にそれなりの優遇措置《そち》が取られるのも、仕方がないことだ。

しかし、俺は毎年開かれるダンスパーティーを苦手に思っている。

理由は1つ。

ダンスが苦手だからだ。もうそれが全てだ。ダンスパーティーでダンスができないなんて恥《はじ》でしかない。

悲しいことに他の生徒は運動神経が良く、ダンスが上手いメンバーが揃っている。

特にナタリー。彼女はダンスがめちゃくちゃ上手い。

一目見て、あ、これレベルが全然違うわと思った。

どれだけ努力しても、絶対に到達《とうたつ》できない領域《りょういき》。

俺は簡単なステップならできるが、2人で踊った場合、完全に足を引っ張ることになる。ほんとパートナーが俺でごめんなさい。

「いたっ……」

「あっ、ごめん」

ナタリーの足を踏《ふ》んでしまった。何度かこうやってステップを誤り、彼女に迷惑をかけてきた。

「家でちゃんと練習してきた？」

ナタリーは、呆《あき》れた顔で見てくる。

「も、もちろん」

踊れなくて恥をかくのは嫌だから、しっかりと練習してきたのに……。

例えるなら、俺が鈍行《どんこう》でゆっくり成長する中、ナタリーが新幹線のごとく猛スピードで成長するから、どんどんと距離が開いていく。

俺だって、多少は上手くなっているんだけど。

ナタリーに関わらず、他のメンバーも踊りが上手い。

ベルクは運動神経がいいから、さわやかな顔で軽やかに踊る。もはや、嫉妬《しっと》すら覚えないほどのイケメンだ。

ファーレンは最初、俺と同じぐらい下手だったのに、着実に上手くなっていった。

エミリアは器用《きよう》であり、無難《ぶなん》に踊るため普通に上手い。

ナタリーとベルクがペアを組んで踊っていたときは、圧巻だった。

何が凄《すご》いって？

動きのキレ、可動域《かどういき》、止めと大胆《だいたん》な動作、呼吸のタイミング、腰の使い方、そのどれをとっても洗練されていた。

2人共体幹《たいかん》がしっかりしており、ブレが全くない。

どうやったら美しく見せられるか、1つ1つの動きに細心の注意を払っていることがわかる。

彼らは自分の体を熟知しており、どう動けば美しく魅《み》せれるかを自然と理解している。

「俺よりもベルクの方が良かった？」

あまりにもレベルの差があることで、若干の劣等感《れっとうかん》を抱く。

「そんなことないわ。私はオーウェンと踊りたかったもの」

微笑みながら、彼女は俺の動きに合わせて器用に踊る。

まさに天使の舞《ま》いだが、それを凡夫《ぼんぷ》である俺が邪魔している。

一曲終わると俺達は休憩することにした。

体力面よりも精神面で疲《つか》れた。

「オーウェンにも、苦手なことがあるのね」

「苦手なことばっかだぞ」

初対面の人と仲良くするのも苦手だし、大勢の前で話すのは苦手だ。

水魔法とか回復魔法とか全くできないし、いまだに魔石に魔力を込めることもできない。

できないことばかりだ。

「ふふふ、そうね。もう長い近い付き合いになるし、オーウェンのいいところも……ダメなところもたくさん知っているわ」

苦手とは言ったけど……ダメとは言ってないぞ。

そりゃ、人間だから、ダメな面もいっぱいあるけどさ。

ナタリーが、丸テーブルに置かれた皿からチェリーを摘まんだ。そして緑の軸《じく》を持ち赤い果実を口に含んだ。

その食べ方が妙に艶《なま》めかしく、視線が釘付《くぎづ》けになる。

ナタリーは、予想した以上に美人になっている。

天使が女神になろうとしているようで、少女の幼さを抜け出し大人の魅力を持ち始めている。

今だって周りの男子共が、ナタリーにちらちらと視線を向けていた。

一緒に踊っているときは、殺気すら感じたからな。

あー、怖い怖い。

「俺だって、ナタリーのことは知っている。一番側にいたから」

他の生徒とも話すようにはなったが、それでもナタリーが一番の友達だ。

「何を知っているのかしら？」

ナタリーは、流し目で尋《たず》ねてくる。

「色々……とな」

「色々って何よ。答えになっていないわ」

彼女は、小さく嘆息《たんそく》した後、胸にある透明の花に触れた。

「どうだ？　気に入ってくれたか？」

「ええ、とっても」

照明のためか、透明の白透花が白く見える。

ナタリーは白透花を愛《いと》しそうに見つめ、花びらを軽く摘《つ》まんだ。

俺は彼女の表情に、一瞬、見入ってしまう。そして、慌てて話題を変える。

「そう言えば、長期休暇《きゅうか》は何してた？」

「領地のことに勉強、ダンスのレッスン、魔法の練習等々……うんざりする日々だったわ。それに加えて……出たくないパーティー。あれは休暇でないわ……」

どこか遠い目をして言うナタリー。

なんか、色々大変そうだ、と俺は同情の視線を送った。

「それは……頑張《がんば》れ」

「他人事ね。休暇よりも学園生活の方が、よっぽど心が休まるわ。そういうオーウェンは、どうなの？」

「俺はナタリーほど厳しくはないから、休暇を楽しんでいたよ」

セバスと遊んだり、使用人と仲良くなったり、たまに遠出したり、とそんな充実した日々を送っていた。

もちろん、領主になるために必要な知識も学んでいたが。

特に、貴族の力関係や社会の構図については今後必ず必要になってくるため、必死に覚えた。

「私もオーウェンの家に生まれれば良かったわ」

「いや、うちは……。使用人は優しいが、親があれだから」

最近、俺は両親とほとんど顔を合わせない。

以前と違って、一緒にご飯を食べることがなくなった。避けられているし、こちらから近づこうとも思わない。

「確かにあなたの親は……あまり良くないわね」

俺に対する評判《ひょうばん》はだいぶ改善されてきたが、両親の悪評は相変わらずだ。

「最近は放置《ほうち》されているから、むしろ気楽だけどな」

「あなたがいいと言うなら、私がとやかく言うことでもないけど……。何かあったら私を頼りなさいよ」

ナタリーに頼ることは、つまり公爵家《こうしゃくけ》に頼ることだ。

アルデラート家の派閥《はばつ》に与《くみ》することになるが、ペッパー家の悪評を考えるとそれも1つの手だ。

「そのときはお願いするよ」

「任《まか》せなさい。……そろそろ休憩は済んだ？　もう一曲どうかしら？」

「そうだな。踊ろう」

俺はナタリーの手を取って、会場の中央で踊っている集団に加わった。


中等部の入学式は、初等部のときのそれと似ている。というより、ほとんど同じ流れだ。

校舎が中等部になったことと、先生生徒の顔ぶれが多少変わったこと以外で、特に目新しいものはなく、式典は終了した。

Aクラスに行くと、よく知っているメンバーたちがいた。

実力主義でクラス決めが行われるため、メンバーが大きく入れ替わることはない。

さらに、担任はクリス先生ともなれば、初等部の頃となんら変わりない。

「今年も、お前たちの面倒を見ることになった」

クリス先生は壇上《だんじょう》で、よろしくと簡易《かんい》的に挨拶《あいさつ》を済ませる。

今日は初日ということもあり、授業はなく午前で解散となった。

「オーウェン行くわよ」

ナタリーはホームルームが終わると、真っ先に俺の席まで来た。

「ちょっと待って。帰る準備してるから」

そう言って荷物をまとめる。

今日はナタリーとお茶をしに行く。

所謂《いわゆる》デートなるものだ。俺にもようやく青い春が来たということだ。

恋愛関係ではないし、まだ、そういう気持ちにならないが、女子と2人でお茶に行くのは胸が躍る。

毎年、入学式後に、ナタリーとどこかに出かけるのが恒例《こうれい》になっている。

大抵《たいてい》、向かう先は商業エリアだ。

学園街を出て、王都に行くためには、学園から許可を貰う必要があり、それは面倒だと思っている。

商業エリアの、大通りから少し外れたところにある喫茶店に入った。

各テーブルの上にランタンが置かれており、ランタンの明かりが仄《ほの》かに周囲を照らす。

建物自体が煉瓦《れんが》でできており、暗い中の雰囲気とマッチしおしゃれな空間となっている。さらに、客層もおしゃれな人が多く少し大人な気分にさせられる。

「よく来るのか？」

大通りから少し抜けたところにある、隠れ家的な場所。今まで存在すら知らなかった。

「初めてよ。友達に聞いたの」

ナタリーは、ぽつりと言った。

彼女は、エミリアと仲が良い。

エミリアにでも聞いたのだろうと俺は考えた。

席に着き、さっそくメニューを見る。メニューは木の板に書かれており、そこも、おしゃれだった。

もう、なんて言っていいのかわからんが、全てがおしゃれに思えてくる。

どこを切り取ってもおしゃれ。

結果、この空間にいる俺も必然的におしゃれというわけだ。

これぞ、完璧な論法。

「注文決まった？」

「イエスマム」

「え、なんて……？」

ナタリーは首をちょこんとかしげる。

「いや、なんでもない」

俺は小さく首を振った。

すると、ナタリーが「すみません」と言って給仕《きゅうじ》を呼ぶ。

俺たちの様子をちらちらと確認していた給仕係の女性が、静かな足取りで近づいてきた。

「ご注文はいかがなさいますか？」

「コーヒーください。ホットで」

「私も同じのをください」

給仕係の女性は注文を受けると、恭《うやうや》しく頭を下げその場を去った。その後、まもなくして注文したコーヒーが運ばれてくる。

俺は、コーヒーをブラックで飲む派だ。

カップを持ち、コーヒーを口に入れる。若干、苦《にが》く渋《しぶ》い味わいだ。コーヒーを口に流しながら、ナタリーの指先をぼーっと見る。

ナタリーは細い長い指で、艶《つや》のある髪を耳にかけた。そして、少しふっくらした唇をカップに付け、コーヒーを飲む。ごくっと彼女の喉が小さく鳴った。

その一連の動作に優雅さを感じるのは、彼女の美貌《びぼう》と品の良さがあってのことだろう。

ナタリーが口を開く。

「今年は四大祭《よんだいさい》があるわね」

ナタリーが視線を上げると、一瞬、俺と視線が重なる。

俺は、思わずドキリとさせられた。あ、あー、と小さく唸《うな》った後に応える。

「あれか。4年に1回のやつね。武闘会の上位互換《ごかん》みたいな」

「そうよ、今年の武闘会は四大祭の選手を決める予選会となって、中等部から四大祭に出られるのは8人。できれば、予選会ではオーウェンと当たりたくないわ」

中等部の生徒だけで、総勢200人以上いる。その中で四大祭に参加できるのは、たったの8人だ。

結構、シビアな戦いである。

四大祭出場メンバーは、これまでの成績とトーナメントの結果をもって決まる。

まずは、昨年の成績によって、予選会に出られるメンバーが64人まで絞《しぼ》られる。その次に、絞られたメンバーでトーナメント戦を行い、勝ち上がった8人が四大祭に出場できる。

中等部という括《くく》りから8人が選出されるため、1年生は当然不利だ。

4年に1回しかない大会だから、そこは仕方ないとも言える。

運も実力のうち、ということだ。

逆に俺たちは、高等部2年生で四大祭に挑めるため幸運な世代だ。

一番残念な代は、初等部1年時と中等部2年時で四大祭が行われる生徒たちだ。

「俺も、ナタリーとは当たりたくないね」

実力的に言えば、俺、ナタリー、ベルク、そしてカイザフは四大祭に出場できる。

あとはエミリアやファーレンが、組み合わせ次第で行けるといったところだ。

「そう言えば、オーウェンとはまだ真剣に戦ったことがないわね」

「初等部のときは、毎回同じチームで武闘会に挑んでたからな」

「そして、全て優勝ね」

俺とナタリーは、初等部時の武闘会で全優勝という快挙《かいきょ》を成し遂げた。

「ベルクが俺たちのチームを抜けると言ったときは、だいぶ焦《あせ》ったな。ナタリー負けちゃうし」

「仕方ないじゃない。ベルクの身体強化は異常よ。あれは……化け物だわ」

3年生のときベルクが敵となり、俺とナタリー、エミリアがチームを組んで戦った。

その結果、ナタリーがベルクに敗北。しかし、ベルク以外のメンバーが強くなかったため、俺とエミリアでなんとか勝利を収めた。

「確かに……ベルクはチートだな」

ベルクは魔力を通しにくい特異体質であり、それは魔法を使えないことと関連している。

一見、魔力を使えない体質はデメリットのように思える。だが、同時に魔法の攻撃も受けにくいというメリットも存在する。

遠距離の魔法攻撃が通じにくく、接近戦ではベルクに勝てるはずがない。

俺は大舞台でベルクと戦ったことはないが、厄介《やっかい》な相手なのは間違いないだろう。

「ナタリーが負けるところを、初めて見たから新鮮だったな」

「次こそは負けないわ」

ナタリーは闘志を漲《みなぎ》らせた瞳で告げた。

「まあ、頑張れ」

「他人事みたいに言っているけど、あなたと戦っても、勝つつもりだから。そこのところ、よろしくね」

ナタリーが俺に対しても敵対心を見せ、力強い瞳で見つめてきた。

俺は、おお怖い、と内心思いながら、

「お手柔らかに、な」

と答えた。


入学式から数週間後。学園に行くと、校舎の前では人だかりができていた。

「何があったんだ？」

ちょうど、近くにいたエミリアに声をかける。

彼女は振り向いて、「オーウェン、おはよう」と挨拶をしたあと、

「予選会の対戦相手が貼《は》られているらしいよ」

エミリアは、人が群がっている先の掲示板を指さす。

ちなみに、俺とエミリアはどちらも予選会の出場権を得ており、俺たちは予選会の対戦相手が誰なのか気になっていた。

「対戦相手は見たのか……？」

「まだ見てない。人が多いから全然見れないのよ。どいてくれないかな？」

エミリアは鬱陶《うっとう》しそうに言った。背の高い人が前にいると、背伸びしても見えない。

「ここは、大人しく人が少なくなるまで待つか」

そうしてしばらくすると、前の人が段々と減っていき、ようやく掲示板が見えるところまで来れた。

掲示板にはトーナメント表が貼り付けられており、その中から自分の名前を探す。端の方に自分の名前を発見し、見つけたと声を出す。

「あたしも見つけた。どこのブロックだった？」

トーナメント表はAからHブロックまである。

「Cブロックだ。エミリアは？」

「同じく……」

彼女は落胆《らくたん》の声を発した。

各ブロックでの勝者が四大祭に参加できる。つまり、俺とエミリアは予選で当たるわけだ。

「オーウェンと戦うなんて……これで、四大祭参加の可能性がぐんと下がったよ。せいぜい、足掻《あが》いてみせるから」

エミリアはそう言って、去っていった。


それから数日後。予選会が始まった。

3回勝てば、四大祭の参加権を得られる。簡単そうに見えるが、学園の中のエリート同士で戦い合うわけで、当然、厳しい戦いになる。

初等部、中等部、高等部、それぞれで会場が用意され、3日間に渡って選手決めが行われる。

本来、武闘会が行われるはずだった日程を、そのまま予選会に充《あ》てている。

武闘会でないため、例年とは違って、学園は一般向けに開放されていない。

その代わり、出場選手以外の生徒は全員休みとなり、観客として応援にきている。そんな中で試合が始まる。

俺の最初の相手は2年生の男の先輩《せんぱい》だ。

だけど、俺の敵ではない。これは奢《おご》りでもなく、これまでの自分の戦歴が示している事実だ。初等部の頃、全ての試合で勝った実力は伊達《だて》じゃない。

ふはははは！　これぞチート無双《むそう》！　俺TUEEEEE最高だぜ！　って、調子に乗りたいけど
……そんなわけにもいかない。

声高に叫べるほど、最強ではないからだ。上には上がいて、まだまだ勝てない相手がいることを知っている。

しかし、中等部の中だけで考えると、ベルクやナタリー、カイザフ以外には負けない自信がある。

だから……というわけではないが、先輩相手でも勝たせてもらう。

審判《しんぱん》の開始の掛け声とともに、魔法を放つ。

「火球——！」

先輩に向けて、一直線に火球が飛んでいく。

それに対し、先輩は回避を試みた、が、しかし——、

「なんだと⁉」

火球は先輩の前で、急に方向を変えた。

先輩は驚愕《きょうがく》の表情を浮かべる。

俺が放ったのは、ただの火球ではない。遠距離における魔力制御を行った火球だ。毎日の特訓のおかげで、ようやく実戦で使えるレベルになった。

先輩は、目の前で方向転換した火球に対応しきれず防御を怠《おこた》る。

「ごばっ……ぁ」

火球が先輩の腹に当たり、彼は両膝《りょうひざ》を地面につけた。しかし、まだ試合は終わっておらず、油断は禁物だ。

「イフリートよ！　顕現《けんげん》——」

「参《まい》った！」

先輩は、降参を示すように両腕を上げた。

え？　と思考が一旦停止する。

まだ、これからだと思ってたんだけど。

途中で魔法を止めると、反動来るんですけど⁉

俺は反動を抑えるように、体内で魔力を制御をした。暴牛《ぼうぎゅう》を力で無理やり押さえつけるように、魔力を体の中に収める。

「勝者！　オーウェン・ペッパー！」

こうして、一試合目はあっけなく終了した。

今日の俺の試合はこれで終了。時間が余ったため、観客席で他の試合を見ることにした。ナタリーは既《すで》に勝利を収めていており、隣で一緒に観戦する。

しばらく観戦していると、ベルクが出てきた。相変《あいか》わらず黄色い声援が凄《すさ》まじく、耳がキーンとなる。

この世界は、前世ほど娯楽が多くない。そのためか、生徒たちは興奮した表情で試合を見ている。

しかし、残念なことに、ベルクの試合は一瞬で終わった。対戦相手が弱かったというより、ベルクが圧倒的に強かったのだ。

「やっぱり、強いよな」

「ええ……。実際に戦うと、より一層感じるけど、ベルクの身体強化は厄介極まりないわ。私の【雷撃】が当たっても、平気で動くのよ。嫌な相手だったわ」

ベルクとの戦いに向けて、しっかりと対策を練る必要がありそうだ。

ベルクの次に行われる試合は、ファーレン対カイザフ戦だった。

試合が始まり、カイザフは以前よりも磨きのかかった風魔法でファーレンを圧倒する。ファーレンは、戦闘能力がずば抜けて高いわけではない。

それでも、1年生の中ではかなり上位の成績を残している。だが、カイザフとの実力差は明白であり、ファーレンはじりじりと追い詰められた。

そのまま、カイザフ優勢で試合が進み……結果、ファーレンは奮闘したものの負けてしまった。

「さすがに、相手がカイザフ先輩なら仕方ないわ」

ナタリーも、この結果は当然とばかりに受け止めた。

そして、1日目の最後の試合となり、エミリアが出てきた。

順調に進めば、俺は3回戦でエミリアと戦う。

エミリアは、1年生の中では俺、ベルク、ナタリーに続く実力者だ。幅広い魔法を器用に扱うことができる。

彼女は四大特性である火、水、土、風を全てを扱える。本人は器用貧乏だと言っているが、侮れない相手だ。

ベルクのように、1つのことを極められるのは天才であり、それと比べるとエミリアは凡人になるかもしれない。

実際、エミリアの持つ魔法の1つ1つは、それほど脅威ではない。

だが、彼女は自身の手札《てふだ》を最大限使い、知恵を振り絞って戦ってくる。だからこそ、侮ることなどできない。

俺は、器用貧乏というより、むしろ、万能型だと思っている。そんなエミリアは、危なげなく勝利を収めた。

「……やっぱり油断できないな」

カイザフのような派手さはないものの、堅実な戦いをするエミリア。予選会の最終戦は厳しい戦いになるかもしれない。

俺はエミリアの戦いを見て、そう感じた。


1回戦ほど簡単には勝てなかったが、2回戦の相手を地力で上回り、俺は2回戦も勝利した。

ここ3年間で魔法の扱いが向上しただけでなく、戦うこと自体にも慣れてきた。そうして迎えた予選会の最終日。

ここまで勝ち上がってきた16人。四大祭の参加権をかけた最終戦がもうすぐ行われる。

俺の相手は、予想通りエミリアだ。

今日は緊張して早く起きてしまい、一足先に会場に到着していた。

試合慣れしたとはいえ、大事な試合の前では、いまだに緊張する。

ただ、適度なストレスがある方が試合に集中できるため、予選会の中では最も良いコンディションとも言える。

準備運動と気分転換を兼ねて、会場の周りをランニングしていると、ばったりエミリアに遭遇した。

「あれ？　朝早いな」

「そう言うオーウェンもね。何してるの？」

「ちょっと、気晴らしに走ってた」

「肝《きも》が小さいもんね」

「うっせぇ。今日は手加減なしでいくからな」

エミリア相手に油断していると、足元をすくわれかねない。

「手加減してくれもいいよ。というより、手加減して。ね？」

エミリアは可愛らしく、両手を合わせ小首をかしげる。

俺はぶんぶんと首を振って、

「そんな顔してもダメだ」

「えー。だってまともに戦ったら、オーウェンに敵《かな》わないし」

言葉ではそう言うものの、エミリアの目は、決して諦めているようには見えない。

事実として、エミリアよりも俺の方が強い。しかし、勝負に絶対がないことは、わかっているため、手を抜くことなんてできやしない。

「全力で戦うから……全力でかかってこい」

少し真面目な顔をして、エミリアに告げる。

「わかったよ」

エミリアは軽く頷いた後、じゃあ次は会場で、と言って去っていく。

エミリアと別れた俺はランニングを再開する。だいぶ良い感じに心も身体も仕上がってきた。

開始時間の30分前になり、受付を済ませ控室に行く。

俺の試合は二試合目。

控室でしばらく待機していると、大きな歓声が控室まで聞こえてきた。おそらく、一試合目が始まったのだろう。

係員に誘導され、試合直前の待機場所で待つ。

俺は目を閉じ、心を落ち着かせるために呼吸に意識を向けた。そうして待機していると、前の試合が終了した。

俺は石畳《いしだたみ》でできた入場ゲートを進み、舞台上へと足を踏み入れた。

すると、大きな歓声が会場を揺らし、緊張がより強まる。

3年前のカイザフ戦で俺がこの場に立ったときとは、比べ物にならないほど声援だ。

自分が認められてきたことを実感する。

もう、俺を傲慢《ごうまん》で無能な少年だと言う人はいない。それが自信にも繋がり、俺は目の前に立つエミリアに向けて言い放つ。

「勝たせてもらうよ」

「せいぜい、足掻いてみせるわ」

エミリアは決意のこもった瞳を返してきた。

それを見て俺は、簡単には勝たせてくれないなと思う。

予選会Cブロック、最終戦。

審判が右手を振り上げた、その瞬間、会場が静寂に包まれる。

俺とエミリアの戦いが、今、まさに始まろうとしていた。

◇◇◇

エミリアは、自分に特別な才能がないことを痛感《つうかん》している。それは、人より優れた才能がないと自身を否定しているわけではない。

サンザール学園の生徒として優秀な成績を収めており、自分の力は把握している。しかし、そのうえで、自分は特別ではないと感じていた。

サンザール学園に来てから過ごした日々が、エミリアの立ち位置を明確にした。

努力ではどうしようもない壁が存在することを、嫌でも実感させられた。

どれだけ足掻き、もがいても、越えられない巨大な壁が存在する。跳び越えることも、突き破ることもできず、エミリアは、ただ呆然と壁を眺めている。

オーウェン・ペッパーは、エミリアと同じ歳でありながら、自分のはるか上をいく存在だ。

ベルクのような土俵が違う相手なら、嫉妬も抱きにくかっただろう。しかし、オーウェンはエミリアのずっと先にいる人物だった。その背中は遠くなるばかりで、もはや姿さえ見えない。

彼女はオーウェンの一回戦を見ていた。オーウェンの相手選手が開始早々に降参したが、エミリアは、その選手の気持ちが痛いほどよくわかった。

オーウェンには勝てないのだ。

努力とか根性とか、そんな次元の話じゃない。

圧倒的な強者と、有象無象《うぞうむぞう》の弱者。明確に線引きされた境界線には、跳び越えられないほどの深い溝ができている。

そんな強者に対して、弱者ができる最善の選択は逃げることだ。彼らとは戦わない道を模索《もさく》し、ひっそりと強者の陰で生き延びる。

しかし、四大祭は弱者を強制的に強者と戦わせる仕組みとなっている。

舞台の上に足を踏み入れたエミリアは、オーウェンと向き合う。

「勝たせてもらうよ」

オーウェンが自信ありげに言ってきた。それは傲慢ではなく純然《じゅんぜん》たる事実、彼の実力をもってのみ言える強者の証。

実力差があるのはわかっている。でも、だからといって、エミリアは諦めるわけにはいかない。

「せいぜい、足掻いてみせるわ」

エミリアの誇示が、負けたくないと叫ぶ。簡単に負けてやるほど、弱い存在に成り下がりたくはない。

審判が、右手を天に突き刺すように上げた。

それを見たエミリアは、息を吸い戦闘態勢に入る。試合開始前の、魔法の準備は禁止とされている。だから静かに、オーウェンを見据えるのみ。

そして、審判が手を下ろし、開始の宣言をした。

それと同時に、

「大火球……！」

オーウェンから、直径1メートルを超える火球が放たれた。

初っ端《しょぱな》から、大抵の生徒を戦闘不能にさせる強力な魔法。それを見たエミリアの感想は、やはり、オーウェンは凄い、だった。

だが、感心してそれを眺めている余裕はない。

「水盾二重障壁《すいじゅんにじゅうしょうへき》」

エミリアはオーウェンと自分を繋ぐ直線上に、2つの水の盾を同時に出現させた。

当たり前の話だが、1つの盾よりも、2つの盾の方が強力な防御となる。しかし、普通なら1つの強力な盾を用意した方が良いと考える。

敢えて、エミリアが盾を2つ並べたのには理由がある。1つの強力な盾よりも、空気を介して2つの盾を配置した方が強固な壁となるからだ。エミリアは、その事実を経験から導き出した。

識っているからと言って、実戦に移すのは容易ではない。これは、エミリアの器用さが為《な》せる技だ。

水盾と大火球がぶつかり合い、急激に熱せられた水が水蒸気となって霧《きり》を作る。

一撃目の火球を防ぎ切ることはできた。

しかし、彼の小手調べのような一撃に対し、エミリアはほぼ全力の防御を行った。この事実が、明確な実力差を表していた。防戦していてはエミリアに勝機はなく、押し切られて負けてしまう。

だから、威力が弱い魔法を使ってでも、攻撃に転じるしかない……そう、彼女は考えた。

「切り裂け——風刃《ふうじん》」

エミリアが最短で発動できる攻撃魔法。風魔法の優れたところは、実体が見えにくいことである。

その特性上、防御のタイミングが難しいとされ、強力な攻撃手段がないエミリアは風魔法を重宝していた。

「――土壁！」

オーウェンの発動した壁によって、風の刃が防がれる。

直後――オーウェンは壁を崩し、土を圧縮《あっしゅく》させ岩の塊を作り出した。

「岩弾！」

巨大な岩の塊が、エミリアに向けて放たれた。大きさはもちろんのこと、速度も、威力も、全てが恐ろしい。

エミリアは両手を突き出し、すぐさま詠唱を唱える。

「水盾三重障壁」

これは正真正銘《しょうしんしょうめい》、彼女の本気の防御魔法である。水の盾は2つ目まで破壊され、3つ目の盾がかろうじて形を保った。

たった数秒の攻防――オーウェンの強さを、否《いや》が応《おう》でも理解させられた。

その後、しばらく魔法を打ち合うものの、確実にエミリアは追い込まれていく。

「炎柱――！」

エミリアの右手の平から炎の柱が立ちオーウェンへと放たれるが、炎がオーウェンに届くことはなかった。

オーウェンの発動した土壁によって、防がれたのだ。

エミリアは、自分が土壁は崩せる未来が想像できない。

彼女の本気の一撃で、ようやく崩せるかどうかだ。土壁は彼の持つ魔法の中でも、それほど強力な防御でもないというのに……。

理不尽《りふじん》だ……と勝負の途中で考えてしまう。

その一瞬の思考が、隙を作ってしまった。

「イフリートよ！　地獄の火炎をもって、焼き尽くせ！」

エミリアは焦るが、もう遅い。

彼の最も警戒すべき火魔法――【イフリート】、それを使われてしまった。エミリアの持ちうる魔法で【イフリート】に対抗できる魔法はない。

エミリアは、【イフリート】を使わせないために間断《かんだん》なく攻撃を仕掛けていたのだが、徒労に終わった。

迫りくる灼熱《しゃくねつ》の炎は凄まじいエネルギーを内包し、エミリアに押し寄せる。

やはり、勝てないのだろうか……とエミリアは考える。勝てないなんて、最初からわかりきっていたことだ。

自分とオーウェンとの実力差なんて、勝負する前から明白だった。

でも、それでも、勝ちが欲しい。

「巻き起これ！　風巻《しまき》」

エミリアの足裏から、強烈な風が起こる――轟々《ごうごう》と音を立てて、土埃《つちぼこり》が発生した。

次の瞬間、風力によって彼女は一気に空へ駆け上がる。

目下《もっか》ではオーウェンの放った【イフリート】が、エミリアが立っていた場所を焼き尽くしていた。

彼女はどうにか、イフリートの回避に成功する。一か八《ばち》かの賭《か》けに勝ったみたいだ。

練習時でも、この魔法を使って空に飛べたのは3回に1回程度。それをエミリアは成功させた。だが安堵《あんど》する時間はない。

あとは、掴んだチャンスを生かすのみ！。

きっと、オーウェンはエミリアの行動に驚いているはずだ。そのスキをつけるのは今だけだ。そう考え、オーウェンが立っているだろう場所に視線を向けた、だが――。

「な……!?」

そこに、オーウェンの姿がない。エミリアは忙しく視線を動かすが、会場のどこを探してもオーウェンが見つからなかった。

どこだ、どこだ、と顔を左右に振る。

「ここにいるぞ」

その声につられてエミリアが斜《なな》め上に視線を移す。するとそこには、宙に浮いているオーウェンがいた。

オーウェンが、飛行魔法を使えるのは知っていた。

しかし、この一瞬で、オーウェンが空を飛ぶという選択を取るとは思ってもみなかった。

空中戦でオーウェンに敵うはずがない。しかし、それでも足掻くと決めたのはエミリアだ。

「風撃！」

守りではなく、攻め。エミリアは右手の平から、相打ち覚悟で魔法を放った。

「鉄拳――！」

オーウェンの拳によって風撃が防がれる。

そのまま、オーウェンの拳がエミリアの腹に入った。

「がぁ……はっ……」

エミリアは鉄拳をモロに受け、地面に落ちていく。

「流水」

彼女の身体を覆うように水が流れる。直後、バシャンと水が音をたてて、エミリアの落下の勢いを軽減させた。

しかし、背中から地面にぶつかり、勢いを殺したとはいえ激しい痛みが襲ってきた。

「ごあっ……」

エミリアは一瞬、意識が遠のきかける。

だが、ここで諦めてはダメだと自分を奮い立たせ、意識をしっかり保つために唇を噛《か》んだ。しかし、見上げると、オーウェンが倒れているエミリアを見下ろして立っていた。

オーウェンはエミリアに向かって、右手の手の平を向けている。

エミリアは悔しさに顔を歪めた。

「……降参……します」

絞り出すように吐いた言葉。

エミリアの言葉に、審判はオーウェンの勝利を告げた。

やっぱり、敵うはずなかったんだ、とエミリアは悔しさを表情に滲ませる。

オーウェンという太陽のもとで光る、小さな灯火《ともしび》のようなエミリア。輝いていることすら認識されず、誰にも見向きされない。

きっと……この一戦で、エミリアが勝つと予想した者はいないだろう。

まるで、彼女はオーウェンという主役を引き立てるだけの脇役だ。勝てないとわかっていた。それでも、勝ちたいと願ってしまった。

仰向けのまま、エミリアは空を見る。

すると、オーウェンが手を差し伸べてきた。

「まさか風魔法で空に飛ぶとはな。驚いたよ」

「負けたけどね」

「良い勝負だったよ」

そう言って、オーウェンは歯を見せてニカっと笑った。

あー、ずるいな。悔しいな、とオーウェンの笑顔を見てエミリアは思った。

「私があんたに勝てるわけないでしょ。もう少し油断してくれても良かったのに」

「油断なんてできない。そんなことしたら負けるだろ」

オーウェンはさも当然かのように言った。

負ける？　全然実力違うのに？　とエミリアは思う。誰もエミリアが勝つなんて、思っていなかったはずだ。

当然のようにオーウェンが勝利する、と会場の全員が考えていたはずだ。それは当然の想像であって、否定するだけの実力が彼女にはない。実際、エミリアは勝てなかったのだ。

そんな当たり前のことなのに、オーウェンだけは違った。彼はエミリアに負ける可能性も考えていた。

エミリアのことを評価してくれていた。その油断のないオーウェンの姿勢に多少嫉妬を覚えるものの、それよりも嬉しさが勝った。

悔しいのに嬉しい。

一見矛盾《むじゅん》した2つの感情が、エミリアの心を揺さぶる。

「なあ、そろそろ手を取ってくれないか？　ずっとこの状態だと恥ずかしいんだけど」

確かに、オーウェンの今の状態は、はたから見ていて不格好だ。

エミリアに手を伸ばしたまま、中途半端な格好で固まっているオーウェン。そんな彼の姿が面白く、エミリアはつい笑ってしまった。

「な、なんだよ……」

「なんでもないわ」

エミリアは、オーウェンの手を取って立ち上がる。

負けたけど、すっきりした気分だ。きっと、今後もオーウェンには勝てないだろう。自分の才能の限界を把握している。凄い人は、どこまでも先に行ってしまうのだ。今ですら霞《かす》んで見えにくいオーウェンが、学園を卒業する頃には、はるか遠くにいるはずだ。

でも、それでいい気がしてきた。

敵わない目標がいる。そのことが自分の糧《かて》になり、これからの人生で必ず活きるはずだ。

エミリアはそう思った。

# 第五幕

予選会が終了し、四大祭への参加者が決まった。中等部からは俺、ナタリー、ベルク、カイザフ、その他先輩たち4人。

四大祭は、サンザール学園とセントラル学園の他にも二校ある。

ヴェール学園とワルツ学園だ。

学園ごとに、初等部、中等部、高等部からそれぞれ8名が選出され、総勢32人のトーナメント形式で行われる。

優勝者は、莫大《ばくだい》な報奨金《ほうしょうきん》が得られる。

しかし、報奨金よりも、ほとんどの生徒は栄誉《えいよ》を求めて戦い合う。

四大祭での優勝は、武闘会で優勝するよりも遥《はる》かに価値があることだ。

中等部での優勝者の特典として、一ツ星が授けれられる。逆に言えば、星付きになれるほどの実力がなければ、優勝できないということだ。

加えて、ここでの結果の良し悪しは、将来にも大きな影響を与える。

たとえば、クリス先生。

彼女は四大祭で圧倒的な実力をもって優勝し、その後、多くのところからスカウトが来た。四大祭は、生徒が最も自分をアピールできる場である。

クリス先生を含め、サンザール学園はこれまで最も多く優勝者を輩出してきた。

だが、セントラル学園に優秀な生徒が増えてきたため、サンザール学園と実力が拮抗《きっこう》してきている。さらに、他の学園も着実に力をつけてきており、サンザール学園一強ではなくなりつつある。

ちょうど、1ヵ月後に四大祭がある。サンザール学園では覇者《はしゃ》としての風格を取り戻すために、手厚い指導が出場選手になされている。

さらに、今年の試合会場はサンザール学園だ。

主催校《しゅさいこう》ということも相まって、サンザール学園は特に気合を入れている。

学園長から、直々《じきじき》に期待の言葉もかけられた。

「期待している……と言われてもな……」

もちろん優勝を目指すが、厳しい戦いになる、と想像している。

別件だが、俺は開会式でショーの一部を任された。飛行魔法を披露《ひろう》してほしいとのことだ。

今、それに向けた練習をしている。場所は、普段から使わせてもらっている訓練所だ。

夕方のこの時間は、俺以外誰もいない。

ウォーミングアップの魔力循環を終え、一汗かいた後に立ち上がった。ゆっくりと息を吸い込んで肺を満たした後、一気に吐き出す。

「よしゃ、やるか！」

学園からの要求は、とりあえず観客を楽しませてくれ、というものだ。

え、それだけ？　と思うほどの雑な指示。

自主性を重んじるのはいいけど、具体的にやること教えてほしい。これは期待されていると捉《とら》えた方がいいのか？

いや、しかし、四大祭のオープニングだぞ。下手なものは見せられない。ここで失敗したら四大祭の結果に関わらず、大きなバッシングを受けるだろう。責任重大である。

悩んだ結果、重力魔法を行使したまま、他の魔法を使おうと考えた。

二重魔法は難易度が高く、複雑な魔法制御を必要とする。

火と雷などの比較的属性が親しい魔法は、二重魔法が行使しやすい。逆に、火と水などの正反対の属性では、二重魔法の制御が難しくなる。

そして、重力魔法についてだが、重力魔法はそもそも単体での制御が難しい。そのうえ他の魔法との相性も良くないため、二重魔法の使用は困難を極める。

しかし、今後のことを考えると、重力魔法使用時に他の魔法を使えたほうが良いに決まっている。

俺は重力魔法を発動し、空に浮かび上がった。

重力魔法による飛行原理は、まず、体の中心部から全身にかけて魔力を行き渡らせる。そして、外に魔力を放出させながら、引力に逆うイメージのもと重力魔法を使う、というものだ。

飛行中に他の魔法を使うためには、体全体で魔力制御を行いながら、手や足などの特定の部位で魔力を制御する必要がある。

俺は空中に浮いたまま、右手に魔力を込めた。そして、

「火球……！」

右手から火球を放つ。それは小さな火の玉であったが、たしかに発現させることができた。

よし、できた！　と安堵した瞬間、

「しまった……！」

重力魔法の制御が上手くできず、身体が落下し始める。慌てて重力魔法の制御に専念し、地面から近い位置でなんとか踏みとどまる。

そのまま、ふわっ、と地面に着陸する。

「ふー、危なかった……」

いや、ほんとに怖かった。額から滲み出る冷や汗を制服の袖《そで》で拭《ぬぐ》う。そうして訓練をしていると、突然声をかけられた。

「こんな時間まで偉いね」

振り向くと、そこにはカイザフがいた。

「どうしたんですか、こんな時間に?」

「それは俺のセリフだけど……ちょうど、この辺りに用があってね」

そう言いながら、カイザフが近寄ってきた。

「いつも、ここで練習しているのか?」

「はい。使わせてもらってます」

「オーウェンは偉いね」

カイザフが念を押すように褒めた。いやいや、そんなことないです、と照れを隠すために笑う。

「ところで、カイザフさんも、開会式で何か頼まれているんですか?」

「ははは。何もやらないよ。そんなに珍しい魔法を持っているわけでもないし。そう言う君は催《もよお》しものを頼まれているようだね」

「学園長から空を飛んでくれって言われました。結構、無茶振りですけど……」

「君に期待している証拠だよ。オーウェンなら何かやってくれそうだって。俺も同じように思う」

周りからの期待が大きいが、そんなことありません、と言って首を振る。

「みんな買いかぶり過ぎです」

開会式のオープニングセレモニーに向けて、サンザール学園は例年以上に力を入れている。

一生徒にそんな大役を任せるなって文句を言いたくもなるが、任された役割をしっかりこなしたい気持ちもある。

「でも、何かやるんだろ？」

カイザフが笑みを浮かべた。俺はやれるだけやってみます、と言ってから話題を変えるように、

「そう言えば……他の学園で注目選手はいますか？」

敵となるだろう選手の情報を集めるのは重要である。

「ユリアンだね。ワルツ学園の生徒で――俺が絶対に勝てないと思った人物だ」

「そんなに……強いんですか？」

「以前の四大祭で優勝した男だよ。俺はベスト8まで負けたから戦ってはいないけど。決勝戦を見たとき、これは勝てないと素直に思ったね」

初等部の頃サンザール学園最強と言われていたカイザフに、そこまで言わせる人物。

「ユリアンさんってどんな人ですか？　できれば、得意な魔法とかも教えてもらえると助かります」

優勝を狙うなら、どこかで立ちはだかる相手だ。少しでも情報を入手しておきたい。

「陰《かげ》魔法の使い手だね。もちろんアルデラート家お得意の雷魔法も使える」

「アルデラート家……ナタリーのお兄さん？」

そうだね、とカイザフは軽く頷く。

ナタリーに兄がいることは知っていた。だけど、ナタリーはあまり家族のことを話したがらず、どういう人物か全く知らない。

彼女は兄の話題になると、あからさまに話題を変えようとする。だから、仲が良くないと考え、その話題には触れないようにしていた。

思わぬところから、ナタリーの兄を知る羽目になった。

「ちなみに、カイザフさんから見たユリアンさんって、どんな人柄ですか？」

「一言で言えば掴めない男……だね」

「掴めない……？」

「俺も関わり合いはほとんどないから、それほど知っているわけではないけど。ただ感情が読み取れず、何を考えているかわからない男。そんな印象を受けた。それと比べると、ナタリー君はわかりやすくていいよね」

「ナタリーは、そんなにわかりやすいですか？」

確かに、彼女は表情に出やすいところもある。ただ、カイザフがわかりやすいと言うほど、単純ではない気がする。

「うん。とても。オーウェンも気づいてあげてね」

突然、意味深なことを言ってくるカイザフ。

俺は首を傾け、「え、何を……？」と聞き返すが、「いいや、なんでもない」とカイザフは意味ありげな笑みを浮かべるだけだった。

「そう言えば……。最近モネさんとどうですか？」

「どうしてモネが出てくるんだい？」

「いつも仲良さそうじゃないですか。2人なら、付き合っててもおかしくないと思いますよ」

俺は茶化すように言った。

実際、2人はいつも楽しそうに接している。

モネはカイザフに塩対応をしているが、憎からず思っているのは一目瞭然《いちもくりょうぜん》だ。お似合いのカップルだと思うんだけどね。

「ははは、冗談はよしてくれ。彼女と俺はそんな関係ではない」

「へー。じゃあ、どんな関係なんですか」

にやにやした表情で、俺はカイザフに尋ねる。

「敵対者……そうあるべき関係かな」

おいおい、敵対者って物騒《ぶっそう》だな。

カイザフは視線を虚空《こくう》に投げ、仄かに照らす月明かりで表情に影を落とす。

俺はその顔が気になりながら、

「それは……ライバルってことですか？」

彼は「あ、ああ」と小さく呟いた。

「そんなところだ。それより、悪いね。練習を中断させてしまって」

そう言ってカイザフは後ろに一歩下がり、

「引き続き、練習頑張って」

身を翻《ひるがえ》して歩き出し、訓練所を出ていった。

俺は最後のカイザフの表情が気にかかり、しばらく唸った。だが、考えてもわからず、一旦、頭の片隅に置いておくことにした。

その後、しばらく重力魔法の練習をし、魔力が尽きかけたところで訓練所を去った。


翌日の昼休み、俺はナタリーと食事をしていた。学食とは思えないほどの、手の込んだ料理がメニューにある。

その中でも、特に豪華なメニューである〈極み〉……ではなく比較的安価なパスタを頼んだ。

それでも結構な額になるため、お金がない人たちは弁当を持ってきている。

この学園自体、貴族向けのような場所であり、仕方ないと言える。

俺はパスタをフォークでくるくると巻きながら、ナタリーに話しかけた。

「ユリアンさんって、ナタリーのお兄さん？」

気軽にユリアンの話題を出したが、『ユリアン』というワードに対し、ナタリーが動きを止また。

彼女はナプキンで口元を拭《ふ》き、短く「ええ」と返事をした。

「四大祭も出場するらしいな」

「そうよ」

ナタリーは、ぶっきらぼうに答えると食事を再開した。

彼女の反応が芳《かんば》しくない。

「お兄さんとはあまり仲が――」

普段、家族のことをあんまり話してくれないし、こういうときに聞くしかないよな、と思って踏み込んでみた。

「別に良くも悪くもないわ。ねえ、急にそんな話してどうしたの？」

「いや、特に意味はないけど……。少し気になって」

意味がないことなら聞かないでよ、とナタリーは口調を強める。

「お兄様のことはよくわからないわ。家でもほとんど話さないし。けど……あの人は天才よ。お父様のお気に入りの。私は……何をやっても、あの人には敵わなかった」

それは悔しさなのか情けなさなのか、俺は彼女の歪んだ表情から心情を読み取ることができない。

「お兄様には誰も勝てない。あなたでもきっと……」

ナタリーはぼそっと呟いた。

俺は彼女の諦念《ていねん》の言葉に「そんなことない」と否定しようとした。しかし、軽い気持ちで吐く言葉ではないと考え、結局無言を貫いた。


その日の夕方、放課後の訓練所で爆発音がすると、小さな騒ぎが起きた。

ていうか、俺の魔法のせいだ。爆音を聞いたクリス先生が訓練所に駆けつけてきた。

「おい、オーウェン。これはどういうことだ？」

眉間《みけん》に軽いしわを寄せ、クリス先生が問うてきた。

あー、と言葉を選ぶようにして、視線を彷徨《さまよ》わせる。

「すいません。ちょっと魔法の練習をしていました」

素直に謝ることにした。

「それはいい。だが……校舎まで轟音が響いたぞ」

「大丈夫です。被害は全くないですし」

「そう言う……お前……丸こげになってるじゃないか……」

クリス先生の言う通り、俺の全身は燃えた跡のように黒くなっている。

正確には、俺以外に被害はない、ということだ。

いや、まあ、ははは……笑って誤魔化《ごまか》す。

「そんなことより、防音付きの訓練所ってありますか？」

ないな、とクリス先生はゆっくりとかぶりを振る。

「じゃ、校舎から遠いところは？」

あるにはあるが……と彼女は、俺を覗き込むように視線を合わせてきた。

「どうしてだ？　何に使う？」

「オープニングセレモニーで披露する魔法の練習です」

こう言えば、貸してくれるはずだ。

「それなら仕方ない」

よし！　と俺は拳で小さくガッツポーズを作る。

「あ、そうだ。クリス先生。先生にもちょっと手伝ってほしいんですけど……いいですか？」

「何をするつもりだ？」

「クリス先生の氷魔法を使って、ちょっとだけ演出を手伝ってください」

俺は右手の人差し指と親指で小さな空間を作り、その隙間からクリス先生の顔を覗いた。

クリス先生の力を借りれば、さらに良い演出が可能になる。

「それは構わん。具体的に何をすればいい？」

「それは――――」

こうして俺はクリス先生の協力を得て、着実にオープニングセレモニーの準備を進めていった。


四大祭当日の朝、学園は忙しなく、大勢のスタッフが動き回っていた。活気ある学園街では皆が生き生きした表情を浮かべており、今から大きな祭りが行われると実感させられる。

なんせ、4年に1回の大行事。

前世と比べると、圧倒的に娯楽が少ないこの世界。そんな中で行われる極上の遊びが、四大祭というわけだ。

朝早い時間にも関わらず、学園街はどこもかしこも人であふれかえっている。

こんな日は警備員さんも大変だ。

まあ、通常よりも多く雇っているだろうけど。

俺は、オープニングセレモニーで魔法を披露するため、一足先に会場に着いていた。

学園最大の闘技場。最大収容人数は4万人を超え、一学園が保有するにしては過剰《かじょう》とも言える。

会場に入ると、四大祭の運営スタッフが忙しそうに走り回っていた。四大祭に出場しないサンザール学園の生徒が、スタッフとして駆り出されているのだ。もちろん、教師もスタッフとして動いており、その中にクリス先生を見つけ話しかけに行った。

「おはようございます」

俺に気がついたクリス先生は振り向く。

「オーウェンか。早いな」

「何か手伝えることはありますか？」

「大丈夫だ。それより準備は大丈夫か？」

準備とは、開会式で披露する魔法についてだ。

「もうばっちりです！」

俺は右手でＯＫマークを作り、笑顔で言った。

この日のために、散々練習してきた。それなりに自信のある仕上がりだ。

「私は、お前の言われた通りにやれば良いんだな？」

「はい！　お願いします！」

俺は頭を下げげて感謝を示す。

ちなみに、口頭での打ち合わせしかやっていないため、本番で初めて合わせることになる。クリス先生への信頼があり、きっと伝えた通りにやってくれるはずだと考えている。

そうだ、と先生は手を打った。

「朝食買ってきてくれないか？　朝早くから来させられたから、腹が減ってな」

「いいですよ。何か欲しいものはありますか？」

「食えればなんでも構わん」

俺は「はーい」と返事をして会場を去った。

会場の外には、たくさんの屋台が並んでいた。だが、まだ早い時間のためか、ほとんどの出店が準備中となっている。

商業エリアにでも行くか、と独りごちた後に歩き始める。

歩いて15分程度、朝早くから始めているパン屋があり、そこに向かった。

パン屋の店の前に着くと、焼きたてパンの芳《こう》ばしい香りが鼻腔《びこう》をくすぐった。

朝から行列ができており、店の最後尾に並ぶ。

すると、

「オーウェン様？」

この声は！　と思い、ぱっと振り返る。すると、春の日差しのようなぽかぽかした笑みを浮かべた女性がいた。

「カザリーナ先生！」

俺はぎゅっと抱きつくのを我慢し、カザリーナ先生の一歩手前で止まる。以前、カザリーナ先生に会ったのはもう2年も前のことだ。

久しぶりの再会に、胸が躍った。

「元気そうで何よりです。オーウェン様が四大祭に出場すると聞いて来ちゃいました」

てへっ、と効果音が聞こえてきそうな表情をするカザリーナ先生。俺は大人の可愛さを感じた。

「どんどん来てください！　というより毎日来てください！」

「ふふふ、そんなには無理ですよ、今は……。今日はクリスの家に泊めてもらうから、今日と明日はオーウェン様の活躍を見に行きますね」

「嬉しいです。絶対に勝ちますね」

俺は決意を込めた瞳で、カザリーナ先生に宣言する。

「はい、頑張ってください。それはそうとオーウェン様も、ここのパン買いに来たのですね」

「そう言うカザリーナ先生も……？」

「はい、ここのパン屋の大ファンです。安くて美味しい！　まだやっていて良かったです」

拳を握りしめ、力説するカザリーナ先生に「そ、そうですね……」と若干、押され気味になる。

「あ、すみません。久しぶりだったので興奮してしまいました」

「全然大丈夫です！」

ぶんぶんと首を振って応える。

そのタイミングでパン屋のスタッフが「次の方、注文どうぞ」と言ってきた。

俺は何種類かのパンを注文する。

お金を払ってパンを受け取り、カザリーナ先生を待つ。

俺は、カザリーナ先生がパンを受け取ったのを確認すると、

「今から、どこ向かうんですか？」

「開会式まで時間がありますし、学園内を見学しようかと考えています。久しぶりに来ましたので」

カザリーナ先生は、懐かしそうに辺りを眺める。

「僕はクリス先生にパンを渡しに行きますけど、一緒には来ませんか？」

一緒に来てほしいなー、という思いを込めてちらちらと視線を送る。

すると、それが伝わったのかカザリーナ先生が頷いた。

「私も行きたいです」

俺のちらちら作戦が功を奏《そう》し、会場まで一緒に向かうことになった。


「やあ、カザリーナ。久しぶりだな」

「ええ、クリス。久しぶりね」

会場に戻るとすぐにクリス先生を見つけ、カザリーナ先生と一緒に声をかけに行った。

カザリーナ先生とクリス先生は、久しぶりの再会に笑みを深めた。

「1年ぶりか？」

「そのくらいになるわね。クリスは先生をしっかりやれている？　あなたのことだから、生徒を雑用として扱ってそうで怖いわ」

カザリーナ先生の言うことは図星《ずぼし》をついていた。

その通りですと言おうとした、そのとき、ゾクリと背筋が冷たくなるのを感じた。

「そんなことないよな。なあ、オーウェン」

クリス先生がギロリと俺を睨《にら》み、脅迫してきた。

三ツ星の睨みには、異様な凄みがあって無駄に怖い。この人。先生よりも裏稼業の方が合ってるんじゃないか？　いや、まじで。

「え、あ……はい。クリス先生は素晴らしい先生です」

俺は棒読みで、目を泳がせながら答えた。

「素晴らしく無茶苦茶な先生です」

「おい、オーウェン。お前、どっか行ってろ」

「横暴ですよ！」

「そうよ。クリス。オーウェン様が困っているじゃない」

「こいつは、こういう扱いがちょうどいいんだよ」

な？　とクリス先生は俺の肩に手を置く。

もう嫌だ、この先生。俺をなんだと思っているんだ！　俺は手を払い除《の》けて睨んだ。

しかし、クリス先生は涼しい表情を浮かべ、俺の視線をいなす。

「そう言えば、オーウェンは開会式で飛行魔法を披露するんだな」

クリス先生が話題を変えると、カザリーナ先生はそれに反応を示した。

「え、そうなのですか！　オーウェン様、さすがですね」

カザリーナ先生は、きらきらと目を輝かせた。

「いやー、それほどでも……」

俺は頭をかきながらそっぽを向く。視線の先にはクリス先生の顔があり、にやにやした笑みを向けられた。

なんかムカつき、クリス先生から視線を外す。

「オーウェン様、頑張ってください。あなたなら、きっと上手くやれます」

カザリーナ先生は、ぎゅっと俺の手を握って言った。

うおおおお、と内心で叫ぶ。カザリーナ先生に応援されたことでたくさんの元気を貰った。

頑張れそうだ！

「はい！　頑張ります！」

「話は変わるが……カザリーナ。この前の話は、どうなってる？　考えてくれたか？」

「事が事だから……もう少しだけ、考えさせてもらってもいい？」

カザリーナは真剣な顔を作り返答する。

「なんの話ですか……？」

俺はクリス先生とカザリーナ先生を交互に見ながら聞いた。

「今のお前には関係ない話だ」

クリス先生はそう言い、またもや話題を変えた。俺は2人の様子に引っかかりを覚えたが、それ以上追及はしなかった。


開会式が始まった。

大勢を収容できる闘技場では、所狭しとばかりに人であふれかえっている。

どこを見渡しても人、人、人……人の嵐。

コロッセオのような会場は天井部分が開放されており、そこから晴れた青空が見える。

そして、闘技場にでかでかと掲《かか》げられた旗。

そこには、四大祭のシンボルマークが描かれていた。

旗の中央には花が1つ。4枚の花びらにはそれぞれ色が塗られている。燃えるような赤色。澄《す》んだ海の青色。鮮《あざ》やかな黄色。若葉のみずみずしい緑色。これらの色は各学園の特色を表していた。

花びらの外側には、それぞれの学園を象徴する動物が描かれている。

サンザール学園は情熱的で生命力あふれる赤竜《せきりゅう》。セントラル学園は冷静で落ち着きのある青鯱《あおしゃち》。

ワルツ学園は明るく華やかな黄虎《きとら》。ヴェール学園はおだやかで安心感のある緑鷲《りょくわし》。

まるで優勝を争うかのように、それぞれの動物が中央を向き合い威嚇《いかく》しあっている。

4つの学園から最強を決める四大祭、それは、国内最強の学生魔法使いを決める大会と同義だ。

大勢の観客の中、熱気で包まれた開会式は魔法の打ち上げによって始まった。

まずはサンザール学園の生徒・先生による魔法が披露される。

ちなみにクリス先生が大トリだ。

三ツ星であり、【氷結の悪魔】の異名を持つクリス先生の魔法を見るために訪れる人もいるほどだ。

それだけ、彼女の名は大きく影響力を持つ。

開会式の中盤あたりに、俺の出番がある。

俺は、ドクンドクン、と脈打つ心臓を押さえるように、胸に手を当て舞台の中央に立った。

皆が俺に注目をしていることが、会場一体から伝わってくる。

時が止まっているかのような静寂が訪れる。

俺は、自身の身体で蠢く魔力に意識を集中させる。

前世でも、こんなに多くの人の前で何かを披露することはなかった。緊張感から小さく息を吐く。

今なら最高のパフォーマンスが出きそうだ。

俺は重力魔法を使って空に浮かび、その瞬間、ぉぉぉぉと地響《じひび》きのような歓声が湧き起こる。

徐々に高度を上げていき、地上から20メートル付近で停止する。

空からは会場全体が見渡せる。

「よし……！」

俺は掛け声とともに重力魔法を止め、地面に落下し始める。会場内では、俺が飛行魔法を失敗したのかと心配の声が上がってきた
そのまま、地面が近づき、地面との距離が1メートルをきる。その瞬間、俺は魔力制御を行い、地面スレスレで停止した。

そこで、どっと歓声が起きる。次に会場をぐるりと回るように飛行した。途中で一回転したり、観客の目の前で急に止まったりして場を盛り上げる。

しばらく会場を回って、時折、小技を入れて観客を楽しませる。

すると、突如前方に氷の輪っかが出現した。

クリス先生に頼んだ演出だ。

氷の輪は直径2メートル程度あり、人1人が十分潜《くぐ》れるほどの大きさだ。氷の輪が重力に従って地面に降下していく。その自由落下する輪の中を縫《ぬ》うように俺は潜った。

すると、氷の輪は粉々に砕けて、それが太陽の光に反射してきらきら光る粒子になる。

直後、また前方に氷の輪が出てきた。

サーカスでライオンが火輪を潜るように、俺はクリス先生が作り出した氷の輪を1つずつ潜っていく。

輪を潜るたびに氷が粉砕され、俺の通った軌跡《きせき》がキラキラと輝いて見える。単純な演出だが観客のボルテージが上がっていくのを肌で感じた。

さらに会場を盛り上げるため、空を駆けながら天に向かって、

「花火――――！」

ドン、ドン、ドン、と間断なく魔法を放つ。すると上空では色とりどりの花が咲く。

最後の輪を潜り終えると、「満開の桜！」と言って空全体を覆うほどの大きな桜を花火で表現した。

そして会場の中央に戻ってくる。

「……ふううぅぅぅぅ」

俺は肺にあった息を全て吐き出し、そして、もう一度大きく息を吸う。

そして、体を寝かせ空を仰ぎ、手を突き出す。

「赤竜花火――――！」

両手から空に向かって魔法を打ち上げ――どんっ、と空で弾けた魔法は緋色《ひいろ》の花火となり辺りを照らした。

花火は一瞬輝いた後、すぐに消えるかと思いきや、突如、形を変え竜となる。これは四大祭のシンボルにある赤竜をモチーフにした。赤竜は空に昇り、徐々に形を小さくしながら虚空へと消えていった。

人々が空を見上げている間に俺は地上に降り立つ。直後、会場が割れんばかりの歓声で揺れる。

俺はそれに応えるように片手を空に掲げ、ガッツポーズを作った。

練習した甲斐《かい》があった。花火は実戦では全く使えないが、見世物としては上出来だと考えている。

案の定、観客からの反応も良かった。

まるで、ハリウッドスターになったような気分だ。鳴り止まぬ喝采《かっさい》を浴びながら舞台を降りた。

その後すぐさま、俺は四大祭出場選手としての準備を行う。

余興の大トリであるクリス先生の演技が終わり、入場ゲートの前で他の出場選手とともに待機すること数分、選手の入場が始まった。

最初に行進するのは、サンザール学園だ。

赤竜を描いた旗を持った旗手を先頭に、サンザール学園の生徒が舞台の中央に向かい歩いていく。

それに続いて、セントラル学園、ワルツ学園、ヴェール学園の生徒たちが行進を開始する。舞台中央では、各学園の生徒がそれぞれ二列に並んだ。

会場中央に用意された壇上に学園長が立ち、開会の挨拶が始まった。彼のよく通る声が会場に響き渡る。音声拡張の魔道具を使わずに、地声で挨拶をしている。

学園長のスキンヘッドが晴天《せいてん》に照らされピカピカに光り輝く。

ちょうど、その光の先が俺の目に当たり、学園長の話がほとんど頭に入ってこない。

そんな感じで学園長のピカピカに磨き上げられた頭を気にしていると、突然、学園長が右腕を後方に向けた。

「これが、トーナメント表です――！」

その瞬間、会場の後ろにある幕が一気に下りる。

しかし、幕だと思われていたそれは……よく見るとスクリーンだった。

そのスクリーンには、でかでかとトーナメント表が映し出されていた。どよめきが起こる。

この技術力の高さをサンザール学園は誇示《こじ》したかったのだろう。学園長も得意げな表情を浮かべている。魔道具開発においてサンザール学園は最先端を行っているのだ。

トーナメント表の中から自分の名前を探し、次に対戦相手を見ていく。

「順当に行けば、2回戦でトールと当たるのか」

セントラル学園の選手団を一瞥《いちべつ》する。その中にトールがいることを確認した。そのままセントラル学園の生徒を見ていくと、あれ？　と違和感を覚えた。

そして、もう一度トーナメント表の方に目を向ける。

「やっぱりだ」

トーナメント表にはモネの名前がなかった。


開会式が終了し会場をセッティングし直してから、すぐに試合が始まった。大会は数日間かけて行われる。基本的にどの選手も、1日に2試合以上ないように調整されている。

そうは言うものの、決勝まで進むと5回も試合をすることになる。短期間で結構ハードな日程だと言える。

そこで、選手は次の試合も考慮して試合に臨まなければならない。

初等部の生徒から順に試合が消化されていく。俺は今日、開会式のセレモニー以外で出番はない。

1人で、ぶらーん、ぶらーん、と騒々《そうぞう》しい学園街を歩く。

俺の初戦の対戦相手は、ヴェール学園の人だ。手強い相手ではないとのことだが、四大祭に出るほどの実力者であり油断できない。

そもそも、これからの試合は全て油断できないが……。

と、そんなことを思っているときだ。

ちょうど俺の目の前を通った、水色の髪の美少女に視線が行く。

「モネさん！」

俺が呼び止めると、彼女はぱっと振り返った。

「あれ？　オーウェン君じゃない。久しぶり！」

いつもの屈託《くったく》なく、陽気な笑みを浮かべるモネ。

あの……と少し言いよどみながら、モネの顔を見る。彼女はどうしたの？　と首を傾ける。

「モネさんの名前がありませんでした」

セントラル学園の生徒で、モネを上回る生徒がいるとは思えない。

それなのに、四大祭のトーナメント表にモネの名前がなかった。そのことを告げると彼女は「あ、そんなことか」と笑った。

「予選会で負けちゃったのよ」

「負けたって、誰にですか？」

俺は驚きに目を丸くしながら、モネに尋ねた。

「ユリアンよ」

彼女の口から飛び出してきた意外な人物の名に、俺は目を見開く。

「ユリアンって……あのユリアンさんですか⁉　でも、ワルツ学園の生徒だって聞きましたよ」

「そのユリアンで間違いないよ。今年から、セントラル学園に転入してきてね。予選会で運悪くユリアンに当ったのよ。それで、負けて予選落ち」

モネはあっけらかんとしている。もし俺が彼女の立場だったら、かなりショックを受けている。

今年が、モネにとっての最後の四大祭になるからだ。

それは……と呟いて言葉を止める。なんて声をかければいいのか悩んだ挙げ句、敢えて頭空っぽなことを言った。

「モネさん、ドンマイです」

「どんまい?」

「気にするなって意味です」

えー、何それ、と言い、彼女は口に手を当ててくすくすと笑う。

「ぜーんぜん、気にしてないわよ。それに、これで弟を気兼ねなく応援できるしね。それだけであたしは十分よ!」

モネは心の底から、そう思っているように見えた。


モネと別れてから再び歩き始めると、女子の集団を発見した。

ん……?とよくよく見てみると、その中にベルクがいる。

女子に囲まれて大変そうだなー、と他人事のように感じ視線を向ける。今日はいつにも増してベルク親衛隊《しんえいたい》が多い。

四大祭のため、他の学園生徒も混ざっている。

顔良し、性格良し、家柄良し、才能良しの、欠点を見つける方が難しいベルクは、他校生徒からも当然人気がある。

全然、羨ましいなんて思ってない……ほんとだぞ?

ちらちらとベルクを見ながら、あれじゃ素直に祭りを楽しめないよな、と思った。

ベルクを流し目で見ながら通り過ぎようとしていたら、彼と目が合った。

「オーウェン！　ちょっと待って」

俺は初めて彼を見つけた、とばかりにベルクに顔を向ける。

「すまない。今からオーウェンと用事があるんだ。僕はここで失礼するよ」

ベルクは周りを囲んでいる女子生徒たちに、文字通りの王子様スマイルを向ける。

ほわーっ、と女子生徒たちがベルクの顔にやられ、次に、彼女らは眉間にしわを寄せて俺を睨んでくる。

彼女らの表情の変わりように、ちょっと、怖いんだけど……と俺は引き気味になる。

「……いや、俺は特に用事なんか……」

「さあ、行こうか。オーウェン」

ベルクは俺の腕を掴む。そして、その場から連れ出された。

「おい、ベルク。どういうことだよ」

ベルク親衛隊が見えなくなったところで、俺は掴まれている腕を振り払う。

「あはは。すまないね」

ベルクは、全然申し訳なくなさそうな表情で笑う。

「もしかして、女子から逃げてきたのか？」

おい、お前。そんな羨ましい理由で逃げてきたなら許さんぞ。俺は視線で訴える。

「あ、うん、そうだよ。さすがにあの人数に囲まれたら大変でね」

こいつ……一発殴《なぐ》らせて欲しい。イケメンだからって何をしても許されると思うなよ。

俺とベルクの差はどこだ？　顔か？　身分か？　性格か？　もしかして……全部か？

ああ、くそっ。やってられねー。

王族で、顔も性格もイケメンに生まれたい人生だった。

俺は、恨みと羨望《せんぼう》半々を込めた視線でベルクを見る。

「オーウェンと当たるのは決勝戦になりそうだね」

ベルクは、俺の視線を受け流しながら言った。

え、ああ、そうだな、と突然の話題転換に戸惑いながら、俺はトーナメント表を思い返す。

ベルクとは反対のブロックだった。お互い順調に勝ち進めば決勝で戦うことになる。

「決勝戦まで行けるかは、わからんけどね」

なんたって俺は準決勝でユリアンと当たるからだ。ユリアンが噂通りの実力者なら、そこが最大の山場になると考えている。

「僕は君と戦いたい」

ベルクはそう言って、透き通る瞳で見つめてきた。

俺がもし女だったら、ベルクの熱い表情で恋に落ちてしまいかねない。そんな強い眼差しを向けられた。

「去年、君たちのチームから離れた理由を言ってなかったね」

「あれは、方向性の違いによる解散じゃなかったの？」

よくバンドとかにある、音楽性の違いよる解散かと思っていた。

「うん？　どういうこと？」

俺のツッコミにベルクは対応できず、困惑した表情を見せる。

「いや、なんでもない。続きをどうぞ」

「あのとき、僕はオーウェンと戦いたかったんだ」

俺とナタリー、ベルクは初等部最強チームだった。

3年生のときも、当然、同じチームで武闘会に挑むと思っていた。しかし突然、ベルクが抜けたいと言ってきた。

今になってそのときの理由を聞かされ、俺は驚愕に目を丸くする。

ベルクとは模擬戦《もぎせん》で戦ったことはあっても、本気で戦ったことは一度もない。だから、戦いたいという気持ちはわからないでもない。

俺たちの代の最強は、俺かベルクのどちらか、について学園内でも話題になることが多い。

「俺もベルクと戦いたい。決勝戦まで負けんなよ」

ベルクに視線をぶつける。

「もちろんさ」

ベルクは俺の目をまっすぐ見て、答えた。

俺は1回戦を勝ち、2回戦進出が決まった。会場を出るとレン先生にばったりと出くわす。

「オーウェン君。お久しぶりです」

「お久しぶりです」

俺は挨拶してから頭を下げる。そして、顔をあげるとレン先生の後ろにトールがいた。

「オーウェン君、こんにちは」

トールが、ペコっと挨拶してきた。俺もトールに挨拶をし返す。

「1回戦はどうだった？」

トールに尋ねる。

「うん、勝てたよ！」

トールは元気よく答えた。

「オーウェン君は？」

「俺も勝った」

そう言って、トールに向かってVサインを作る。

「そうなんだ。次の試合、お互い全力を尽くそうね」

そ、そうだな、と俺は頷く。俺の知っているトールと若干違う姿に、違和感を覚える。

試合中でないのに、トールがオドオドしていない。ペースを乱されて、むしろ俺の方がオドオドしちゃいそうだ。

「トール君はここ最近、見違えるほどに成長しました。性格面も、もちろんのことですが、戦闘面も格段に成長しています」

トールは「れ、レン先生。そんな……」と照れたように頭をかく。

今までも十分強かったのに、これ以上強くなられたら本当に困る。

去年の交流戦でも、ベルク相手にトールはいい勝負をしていた。あのとき以上強くなったってことか？　だとすると、明日の試合が心配になってくる。

「僕も成長していますよ」

俺は負けじと言い返す。

昨日ベルクと約束したからと言うわけではないが、2回戦なんかで負けていられない。

「その通りです。2人とも成長しています。明日の試合は楽しみですね」

レン先生がそう言ったタイミングで、近くを通りかかったファーレンと俺の視線が重なる。

ファーレンは、挨拶をするために俺たちの方に近づいてきた。

「オーウェンさん、こんにちは」

彼女は俺にあいさつした後、レン先生とトールの方を向く。

「はじめまして。ファーレン・アントネリです」

2人に向かって、丁寧に頭を下げた。

「は、はじめまして。と、トールです」

トールはファーレンの魅力にやられたのか、急にオドオドし始めた。このオドオドしている感がトールらしい。いいぞ、もっとオドオドしろ、と心中で呟く。

ファーレンは、綺麗だし、清楚だし、緊張しても仕方ない。

そう思ってにやにやとトールを見る。ふと、レン先生が視界に入り、俺は彼の顔を凝視した。レン先生が一瞬、物凄い形相《ぎょうそう》でファーレンを睨んでいるように見えた。

「ど、どうしたんですか？」

俺は恐る恐るレン先生に尋ねる。

「なんでもありません。では、私はこれで」

レン先生はさっと身を翻し、去っていった。

今のはなんだったんだろう？

トールはおろおろとしたが、レン先生についていくことはせず、この場に残る。

「何かしましたか……？」

ファーレンは、俺に視線を移動させ不思議そうな顔をした。

「いや……そんなことはないと思うけど」

ファーレンはただ挨拶をしただけであり、不快にさせることは何一つしていないはずだ。

「すみません。邪魔をしてしまいました。私も去りますね」

そう言って、ファーレンもその場から離れた。取り残された俺とトールは顔を見合わせる。

「とりあえず飯《めし》買いに行くけど、トールはどうする？」

「うん！　僕も行く！」

俺たちは適当に屋台で食べ物を買い、近くの芝生の上に腰を下ろす。

「モネさん、四大祭に出れないらしいな」

俺がモネの話題を出すと、トールの眉がピクッと動いた。

彼は、うん、そうだね、目線を下げて呟いた。

「でも気づけたこともあるよ」

俺は、何に？　と続きを促す。

「今まで、ずっとお姉ちゃんに守られてきた。だけど……僕は、自分の力だけで立たなきゃいけない……。じゃないと、何か大きなものを失う気がするんだ」

「トールってシスコンだもんな」

「シスコン?」

「お姉ちゃん大好きっ子ってこと」

トールは、そ、そうかなと言い、えへへへと、頬をかく。

いや、褒《ほ》めてないけど、と俺は内心で突っ込んだ。

戦闘中だと「この雑魚《ざこ》があああああ!」と言って、人をぶん殴っているトール。俺は時々、そのギャップに戸惑いを覚える。

でも、ギャップってモテるらしいな。ギャップ萌《もえ》か? 男相手に全然萌えねーけど。

「今までは、お姉ちゃんがいたから何も怖くなかった。でも、これ以上お姉ちゃんに心配をかけたくない。この大会で、僕が独りでも大丈夫だって証明したい。そのために、お姉ちゃんを倒した人に勝って、もう大丈夫だよってお姉ちゃんに伝えたい」

トールは拳を握りしめる。その姿から伝わってくる熱量に、弱々しいトールの影はない。

「オーウェン君が強いのもわかっている。だけど、僕はオーウェン君に勝つよ」

トールが成長した、というのは本当のことのようだ。

彼の強い気持ちが、明確にひしひしと伝わってきた。

しかし、どの試合も勝者は1人。勝ちたいのはお前だけじゃないんだよと、俺はトールに視線を向ける。

誰もが貪欲に勝利を求める。だからこそ楽しいんだ。だからこそ勝ちたいんだ。容易に手に入らないからこそ、優勝という美酒は美味しく価値がある。

「俺だって、負けないからな」

トールに向かって宣言した。


翌日の2回戦。トールとの戦いが始まった。

試合開始直後から、俺はトールとの距離を取りながら戦っていた。トールとの戦闘では間合いを取ることが極めて重要になってくる。

トールに接近された瞬間、負けが確定すると俺は思っている。今の成長したトールに対し、接近戦で勝負を挑むことは自殺行為だ。

試合が始まってから10分以上が経つ。

「さんざめく深紅《しんく》の炎――燎《かがりび》！」

圧縮された魔力の塊が、熱い炎となりトールに襲いかかる。

「うるあああああ――」

身体強化されたトールの拳が振るわれ、一殴りで燎《かがりび》が粉砕された。

試合は膠着《こうちゃく》状態が続き、お互い決め手にかけたまま、じりじりと体力を消耗していく。どちらが先に倒れるかという勝負になりかけている。

「大火球！」

トールは地面を跳び、俺が放った火球を軽やかに避けた。

「火球、乱れ撃ち！」

明確に狙いを定めず、空中に浮いているトールに向けて火球を連射する。

だが、トールは空中で身をよじらせ全ての火球を器用に避けた。そして、着地と同時に地面を蹴り、俺の方に接近してきた。

「隆起《りゅうき》する大地、鋭利な穂先で貫け！」

トールの直下、隆起した土の先端が槍の穂先のように尖りトールに襲い掛かる。

トールは咄嗟に横に飛び、穂先を避ける。

俺は彼の移動した先を目掛けて、魔法を放つ。

「大火球――――！」

トールは体を捻って、右手の手のひらを突き出してきた。

「波動拳《はどうけん》！」

彼の腕から、圧縮された魔力の塊が飛び出す。空中で大火球と波動拳がぶつかり合った直後、轟音が響き土埃が上がった。

俺は冷たい悪寒が背筋に走るのを感じ、咄嗟《とっさ》に両腕を前方に突き出した。

「土壁！」

直後――ドドンッ！　火球で相殺《そうさい》できなかった波動拳の残滓《ざんし》が土壁に衝撃を与えた。土壁に大きな亀裂《きれつ》が走る。

俺は波動拳の威力に驚嘆した。しかし、すぐに気を取り直してトールを見据える。

「土塊連弾《つちくれれんだん》……！」

崩れかかった土の壁を、土塊《つちくれ》に変えて放つ。

トールは右足右手を前にして構えの姿勢を取った。――ドンッ！　ババン！　バンッ！　ドドドンッ！

トールは、目にも留まらぬ速さで拳を振り、全ての土塊を砕《くだ》き割った。

「灼熱の炎――――イフリィィィトォ！」

魔力を練り、両腕を砲身《ほうしん》にして発射する。

「波動拳……！」

灼熱の炎と波動が衝突。その直後、会場全体に耳を聾《ろう》するほどの爆音が鳴り響く。

均衡した戦況は、意外にも些細な原因で崩れる。

爆風で荒れた砂が俺の目に入り、反射的に瞼を閉じてしまった。

その一瞬の出来事が、戦いの均衡を崩した。

砂埃が舞う中から、

「らあああぁぁぁぁぁっぁぁ――――――！」

トールが猛烈な速度で距離を迫ってきた。

「な……！？」

ほんのわずかの時間で、トールに目と鼻の先まで接近されていた。

まずい……！　と焦りを感じる。接近戦では勝ち目がない。

だが、トールはすぐそこにいる。思考を早くし、最適解を求める。近くにいる相手に有効な魔法、それを瞬時に導き出した。

「――引力解放！」

重力魔法を使った。

これは、俺が飛ぶためだけの魔法ではない。

目の前に迫ったトールを宙に浮かした。

「波動拳————!」

トールは一瞬焦りを見せたが、すぐに思考を切り替え不安定な態勢で波動拳を放ってきた。

「大火球!」

重力魔法を解除すると同時に、火球を放ち波動拳を相殺《そうさい》する。

波動拳と大火球がぶつかり合うが、俺の魔法の方が弱かった。「——が、はっ」と、俺は衝撃によって後ろに吹き飛ばされる。

そして、地面を勢いよく転がった。受け身を取りながら即座に立ち上がる。

しかし——

「終わりだぁぁぁぁぁ!」

トールが目前で殴りかかってきた。

俺は体中の魔力を総動員させ、瞬時に身体強化を行う。

接近戦は明らかに不利だ。だが、近づかれたな、仕方ない。やるしかない。戦うしかない。

そうやって俺が闘志を漲らせたとき、ふらっとトールが揺れた。

一瞬の隙。それを逃したりはしない。

「鉄拳ッ!」

「ごぉ……はっ……」

俺の一撃がトールの鳩尾《みぞおち》に入った。

どんっと低い音が鳴り、トールは吹き飛んだ先にある壁にぶち当たる。

「俺は……負けな……い。負け……ないんだ」

トールはすぐさま、立ち上がろうとする。

相手がどんな状態であっても、動いている限り俺は気を抜くことはしない。窮鼠《きゅうそ》猫《ねこ》を噛むように、窮地に追い込められた敵に油断してはならないのだ。だからこそトドメをさす。

「イフリートよ、灼熱をもって敵を滅せよ！」

最大火力の俺の必殺技によって、トールが灼熱に包まれた。

しばらく燃え盛る炎。焼け焦げた会場の一部。そして倒れたまま、立ち上がらない1つの影。

トールが地面に伏していた。

「俺の勝ちだッ!!」

激戦の末、万感《ばんかん》の想いを込めた叫びが会場に響き渡る。俺は右の拳を突き出し勝利宣言をした。

◇◇◇

オーウェンに勝てなかった。あと一歩のところで手が届かず、体が持たなかった。

トールは悔しさに身を震わせる。

オーウェンと距離を詰めたときに無理をしたのだ。爆発的なスピードで接近するために、足に相当な負荷をかけた。トールは既に体力が尽きかけており、無理をしなければオーウェンに勝てないと感じたからだ。

しかし、全力を出した疾走はオーウェンに届かず、結果、トールは負けてしまった。

「悔しい……」

トールは、四大祭の出場選手として用意された部屋で呟く。

「トールはよく頑張った」

ベッドに腰掛けた状態で、モネがトールの隣に座っている。彼女は包み込むようにトールの手を握った。

トールはモネの温もりを感じ、少しだけ気分が落ち着いた。

モネは、トールが辛いときにいつも側で励ましてくれた。トールの心の支えだった。

トールは、ずっとモネと一緒であり、物心ついたときからモネにべったりくっついていた。それは、彼が幼い頃に両親を亡くし、モネだけが頼りだったからだ。

お姉ちゃんについていけば何も問題ないとトールは固く信じていた。

なんでもできるモネ。

たまに厳しいことを言われるが、それも優しさから来るものだと知っている。

トールにとって、モネは姉であると同時に、母親のような存在でもあった。

でも、このままだとダメだと感じていた。そろそろ独り立ちをするときだ。

ユリアンが来てから、トールは言いようのない不安に駆られていた。

(ひっついてばかりではダメだ。ずっと守られていてもダメだ。強くならなきゃ。僕は自分の足で立つと決めたんだ)

そう決意したものの、オーウェンに負けてしまった。

「お姉ちゃん、ごめん。お姉ちゃんの代わりに優勝したかった」

トールの胸に、無念の思いが押し寄せてくる。だけど、彼のプライドが防波堤《ぼうはてい》となり、涙をすんでのところでせき止める。

「トールは凄いわ。オーウェン君をあと少しのところまで追い詰めたじゃない」

モネは、トールを握りしめる手の力を、ぎゅっと強くする。

「でも、僕は……僕は、お姉ちゃんのためにも……絶対に勝ちたかった」

小刻みに揺れるトールの手が、今の彼の気持ちを代弁している。

ユリアンに勝ちたい。そして、モネの代わりに優勝したい、それらの願いは呆気なく崩れ去った。

接戦の末、モネはユリアンに負けたわけではない。さらに言えば、相性の問題でもない。

明らかな実力差で、モネは負けていた。

モネが何もできずに負けた瞬間を、トールは呆然と見ていた。そんなユリアンに勝つため、自分を磨き対策を練ってきた。

ユリアンに勝つことで、モネを安心させたかった。

「トールはもう一人前よ。あたしの後ろをついてくるだけの、昔とは違う」

モネは、ぽんぽんとトールの頭に優しく手を乗せる。トールが喧嘩《けんか》し、傷ついて帰ってきたときにモネがこうして慰《なぐさ》めてくれた。

「お、お姉ちゃん……。僕はもっと強くなる……。強くなって、お姉ちゃんを守れるようになる！だから……」

どこにも行かないで、とトールは続けようとした。

しかし、トールはなぜ、その言葉が出かかったのか、自分でもわからずに困惑した。

最近ずっと、漠然とした不安が彼の心の奥底に澱のように溜まっている。モネが遠くに行ってしまうという気がした。

「トールのくせに、生意気よ」

モネは、力強くトールの背中を叩く。すると、バシッと良い音がした。

「い、痛いよ。お姉ちゃん」

「こんなんで痛いようじゃ、まだまだね！」

「……そんなぁ。酷いよ」

トールは背中を押さえて、弱々しく抗議する。

「いつ、いかなるときも襲撃に備えるべし！　我家の家訓《かくん》よ！」

「だからって、こんなときに叩かなくてもいいのに……」

しみじみとした雰囲気から一転、室内には弛緩した空気が流れ込んだ。

「油断している方が悪いのよ」

そう言ってモネは、高笑いしながら、ぺしっ。もう一度トールの背中を叩いた。

トールは彼女の笑顔を見ても……やはり、不安が拭い切れなかった。

彼は、何もなければいいのに……と心の中で呟いた。

# 第六幕

俺は2回戦を勝ち進み、3回戦との間に1日の休みが与えられた。

怪我は回復魔法で治してもらったが、連戦による疲労が残っている。

ハードな日程だ。

決勝戦まで勝ち進むとしたら、あと3回も試合がある。

頑張るしかないな、と自分を奮い立たせた。

「はあ……」

「どうしたのよ」

ため息をついた俺に、ナタリーが視線を向ける。

現在、ナタリーとともに朝食を取っている。

ナタリーも、俺と同様に3回戦まで駒を進めた。そして、お互い今日は試合がないため、一緒に過ごすことになった。

「この短期間で、5回戦もあるのが、単純にしんどいなと思って」

「もう決勝戦まで行くつもり？」

「それもそうだ……。まずは、1つ1つの試合に全力を尽くすしかないな。それは、そうとして
……今日はどうする？」

「お兄様の試合を見に行くわ」

「昨日も見てたよな？　観客席の最前列で」

観客席は、試合が見やすい下の方の席に貴族や王族、もしくは高位の魔法使いが座れるようになっている。

上の席は平民が立ち見するようなスペースがあり、身分の違いが明確に示されている。

何が言いたいかというと、俺とナタリーは昨日、ユリアンの試合を間近で見てきた。

今日、ユリアンさんが2回戦に勝てば、ナタリーの3回戦の相手になる。

「もう一度お兄様の実力を見ておきたいの」

と、ナタリーが言ったとき、

「へー、僕の試合を見に来てくれるんだな。嬉しいなぁー」

真後ろから、金髪碧眼《きんぱつへきがん》の美少年が現れた。どこかナタリーに似ている。

「お兄様……。なんでこんなところに……。ここはサンザール学園の食事場所です」

四大祭出場選手のために、学園ごとに食事場所が設けられている。揉め事が起こらないようにという学園側の配慮だ。

だからここに、他の学園の生徒が現れることはないはずだ。

「ナタリーに会いに来たんだよ」

ナタリーの兄——ユリアン・アルデラートは軽薄《けいはく》そうに目を細めた。

これが……この人がユリアンか。

ずっと話には聞いていたが、噂《うわさ》の通り飄々《ひょうひょう》として掴みどころのない人物に見える。

「私は、会いたくありませんでした」

「冷たいことというなぁ。傷つくよ。こんなにも妹のことを大事に思っているのに」

ユリアンは、気安くナタリーの頭に触れようとする。しかし、それをナタリーは払い除ける。

「相変わらずお兄様は、思ってもいないことを言うのがお上手ですね」

「ははは、本心だよ」

一見、ユリアンはナタリーと楽しそうに話しているように聞こえる。

しかし、彼の目が笑っていない。その声と表情の不一致が不気味に感じる。

「明日は、ナタリーとの対戦だね。ナタリーがどれだけ強くなったのか楽しみだよ」

「あなたに勝ってみせます」

「ナタリーが僕に勝つ？　はっはっは、面白い冗談だね」

笑うなら、しっかり目も笑ってほしい、と俺はユリアンの瞳を見て思った。

「冗談ではありません！　私も強くなりました」

ナタリーは、珍しく語気を荒げる。

「自分だけが成長しているとでも思っているんだね。相変わらず可愛いね。僕の妹は」

すっと目を細めて、ナタリーを見るユリアン。ナタリーは一瞬、萎縮《いしゅく》したように身体を縮めた。

「勝てないと……。どうしてあなたが決めるんですか？」

俺は2人の会話に割って入った。さっきから聞いていれば、わざとナタリーを怖がらせているようにしか見えない。

「君が噂のオーウェンか……。なるほど、ね」

ユリアンは俺を一瞥し、納得したかのように頷く。

「ナタリーの魔法は全て僕の真似だ。ねえ、そうだろ？」

「……もう昔とは、違います」

視線を下げ、ナタリーは首を左右に振る。

「ナタリーは、ずっと変わらないよ。ずっと昔のまま、変わらない」

ユリアンはわざと言葉を区切りながら告げる。まるで、変わらないことを強調するかのようだ。

バンッ――ナタリーが机を叩いて立ち上がる。

「お兄様は！　いつも、そうやって私を馬鹿《ばか》にして！」

「馬鹿にしていないさ。ナタリーは可愛いナタリーのままでいい。僕は本気でそう思っているんだ」

「私は！　お兄様の玩具ではありません！」

彼女は、そう言ってユリアンを睨んだ後、食事処《どころ》を出ていった。

残された俺は、ユリアンに視線を移す。

「あなたが思っているほど、ナタリーは子供ではありません」

「君は、ナタリーの何がわかるの？　たった数年一緒にいただけで、彼女の何がわかる？」

「少なくとも、あなたよりはわかっているつもりです。そう言うあなたこそ、ナタリーの何を知っているんですか？」

「臆病で、弱くて、殻に閉じこもっている。それが、今のナタリーだ」

「違います。ナタリーは勇敢で、強く、周囲を明るく照らしてくれます」

ユリアンの目を見返す。すると、ぞっと背筋が冷たくなるのを感じた。

彼の碧眼は何も映していないように見えた。

ナタリーの瞳が澄んだ碧《あお》だとすれば、ユリアンの瞳は、光が差し込まない海底の碧。

目を合わせているだけで、こちらまで深海に連れていかれそうになる。

俺は強引に視線を外して、

「――じゃあ、僕はこれで」

席を立ってナタリーを追いかけた。


見つけた、そう言って俺はナタリーに近づいていく。

俺の言葉に反応するように、ナタリーの肩がビクっと揺れた。

祭りで騒々しい学園街の中で、閑静な場所。中等部の裏庭にナタリーは佇《たたず》んでいた。

「どうして、ここに？」

「ナタリーが心配で追いかけてきた」

なんでよ、とナタリーは不満を隠さずに言う。

「迷子のような顔をしてたから」

ユリアンとナタリーの兄妹関係がどういうものなのか、俺は詳しく知らない。だけど、ナタリーの動揺を見て無視することはできない。ほっとけないんだ。

「私、そんな顔してた？」

「うん、してた」

俺は頷いて返す。なんなら、今この瞬間さえも不安そうに瞳を揺らしている。

そう……とナタリーは視線を彷徨わせて、

「恥ずかしいところ……見せちゃったわね」

力なく、声を漏らした。

「不安なのか……？」

ナタリーは無言のまま、頭を軽く振る。

「ナタリーにとって、お兄さんはどんな存在？」

質問を変え、ナタリーの本心を探る。

答えたくない質問……だったかな？

きっと、その問題をどうにかしない限り彼女の不安は残る。そもそも、短時間で解決できる問題じゃないかもしれない。

でも、俺にできることがあるならやってみたい。

ナタリーは眉を寄せる。

「……怖い。……私はお兄様が怖い」

たっぷりと時間を空け、俯いたままナタリーは絞り出すように言葉を吐いた。

「どう怖いんだ？」

俺は話の続きを促す。

ナタリーは視線を虚空に向けた。

「あの人は、なんでも私の上を行く。高いところから見下ろされて、お前はまだそこなのかって嘲《あざ》笑《わら》われてる気がする」

「それは、向こうの方が歳が上だから――」

俺が、仕方ないと言おうとするのを、彼女は遮る。

「歳じゃないわ。お兄様は私と同じ歳のときにはもっと凄かった。敵わないのよ」

「ナタリーだって負けてない」

ナタリーは首を大きく振って、きっぱりと否定する。

「あなたはお兄様を知らないから、そう言えるの」

彼女は先程ユリアンに啖呵《たんか》を切っていた。しかし今は、その瞳が不安に揺れているように見える。

「私には……何もないのよ」

弱々しく彼女は言葉を吐き出した。小刻みに肩を震わす彼女は、いつもよりずっと小さく見えた。

なんで……と、俺はナタリーの肩を掴む。

「なんで、そんなこと言うんだ？」

「なんでって……？」

ナタリーは、初めて俺と視線を合わせた。

ああ、だめだ。彼女にそんな表情は似合わない。凛《りん》としたナタリーでなきゃ駄目なんだ。この気持ちが俺のエゴだろうと、それでも彼女にはまっすぐ前を見て、毅然《きぜん》としていてほしい。

「ナタリーの実力は本物だろ」

「そんなことないわ」

すぐに視線を背けるナタリー。俺は彼女の両肩を掴み、こっち向けと言った。

彼女はビクンと喫驚《きっきょう》し、再び俺と視線を重ねる。

「本物だ。誰がなんと言おうが、ナタリーが凄いことを俺が知っている」

ユリアンがどれだけの実力を備えているか、俺は知らない。

ナタリーの露わになった脆《もろ》さに、俺は焦燥感を覚えた。

彼女にとってのユリアンは……なんなのだろうか？

ナタリーが幼い頃に感じた印象、それが肥大化《ひだい》し幻想を抱かせているような気がしてならない。

俺の前には、臆病な少女がいる。

それは、ちょうどユリアンが指摘した姿そのものだ。

「私の何を知っているのよ」

弱い彼女を見たくない。そんな自分の感情を押し付けてでも、俺の知っているナタリーに戻ってもらいたい。

「ナタリーが、雷魔法の天才だってことを知ってる」

「お兄様には敵わないわ」

そんなの知らん、とナタリーが否定したのをさらに否定する。

「ナタリーは強くて優しい。いつだって俺の側で励ましてくれる」

「今……関係ない話だわ」

「関係ある。大ありだ。それに……」

一度言葉を区切って、彼女の俯いた顔を見つめる。

儚さを伴った表情と憂《うれ》いを帯びた碧眼。肩にかかる金色の髪には艶があり、白く透明感のある肌は、雪の結晶のような美しさがある。

「ナタリーは……綺麗だ」

それは文句なしの事実。宇宙の真理と言い換えてもいい。

ユリアンがどう足掻こうが天地がひっくり返ろうと、これだけは絶対にナタリーの方が上だ。

彼女は「え、ちょっと」とバタバタせわしなく手を動かす。

「今、そんな話してないじゃない」

ナタリーは顔をいちごのように赤くする。

「そういう話をしてるんだよ。お兄さんに敵わない？　そんなこと、俺がきっぱり否定してやる。ナタリーはどうしたってナタリーなんだ。他の誰でもないし、誰にもない良さを持ってる」

「でも、戦ったら絶対勝てない……」

「勝負の世界に絶対なんてのは存在しない。さっきも言ったけど、ナタリーは雷魔法の天才だ。それは絶対だ」

「絶対なんて、存在しないんじゃないの？」

あ、いや……言葉の矛盾を指摘されたことで、俺は若干の焦りを覚えた。

「これは……。これに関しては例外だ」

あはは、と笑った後に空気を変えるように、わざとらしく咳をした。

「これまで、雷魔法を極めてきたのは知ってる。それをずっと隣で見てきたんだ。ユリアンに勝てない？　そんなの知るかよ。ユリアンなんかぶっ飛ばせ」

エゴの押しつけであってもいい。

俺が辛いときに励ましてくれた彼女へ、エールを送りたい。

きっとナタリーの中にあるユリアンに対する印象は、言葉一つで変わるのではない。

でも、彼女に負けないでほしい。

ユリアンにではなく、自分自身に負けないでほしい。

「……私には無理よ」

しかし、俺の願いは届かず、ナタリーは声の調子を落としたまま、俯きながら呟いた。

そんな彼女に俺はなんて言葉をかければいいか迷う。いや、今、必要なのは言葉ではない気がする。それなら、選ぶべきは言葉ではなく行動だ。

「よし、遊びに行こう！」

え……っと、ナタリーは呆然とした表情をした後、すぐに気を取り直して言った。

「今から、お兄様の試合を見に行くのよ。遊びに行く時間なんてないわ」

「試合は見ない！　遊びに行く！　以上！」

「いや、でも――」

問答無用《もんどうむよう》と言わんばかりに、俺は彼女の腕を掴み引き寄せる。

「ごちゃごちゃ言ってないで、行くぞ！」

そのまま、ナタリーを連れて歩き出そうとする。しかし、

「行くってどこへ……？　ていうか、なんで？」

ナタリーは腕を振り払い、尋ねてきた。

「今は四大祭だろ。祭りなんだから、楽しまなきゃ損《そん》だろ」

「でも、私は明日の試合に備えなきゃ……」

「あああああ！　でも、でも、でもって……もう、そういうのいいから！　聞き飽きた。明日の試

合のことなんか考えるな！」

「そんな身勝手なこと言わないで！」

右腕を振り下ろして、彼女は口調を強めた。

「身勝手で結構！　知ってるだろ？　俺はそういうやつなんだよ」

俺はニヒルな表情を浮かべた。

初めてナタリーと会った際、彼女をパーティーから連れ出したときもそうだった。

俺は、自分のやりたいようにやる。

「じゃ、行くぞ」

彼女の手を引っ張って、一歩を踏み出す。彼女は拒否反応を示さなかった。

そうして歩いていると、会場付近にたどり着いた。

今日は四大祭ということだけあり、たくさんの屋台が出店されていた。

「なあ、ナタリー。あれやろうぜ」

そう言って輪投《わな》げの屋台を指差した。

この世界にも、前世の日本と同じようなものが点在する。輪投げもしかり、食べ物もしかり。おそらく、俺と同じように転生か転移してきた人がいるのだろう。

そう考えると納得できる。

「輪投げなんて……やったことないわ」

「大丈夫。俺がナタリーの分まで取ってやるよ」

屋台の前に置いてある木の箱の中には、たくさんの投げ輪が入っている。

屋台の中にはいくつもの棒が設置されており、そこに投げ輪を入れると商品が手に入る仕組みだ。

つまり、日本の祭りでよく見る輪投げの屋台と同じってことだ。

「なんか欲しいものあるか……？」

「特には、ないけど……。強《し》いて言うなら――」

ナタリーは指を指して、「あれが欲しい」と言った。

それは、小さな熊のぬいぐるみだ。

随分と可愛いところがあるじゃないか、とナタリーを見て微笑んだ。

「ああいうのが、好きなのか？」

「何？　ダメかしら？」

あ、いやっ……と手を振る。

「ちょっと、意外だったから」

ナタリーがぬいぐるみを抱いているところが想像できない。

いや、でもよく考えてみたら……ものすごく可愛い。

熊のぬいぐるみを抱いて寝るナタリーなんて……最高じゃないか。

「よし、任せろ！」

俺は屋台の黒ひげのおっちゃんにお金を支払い、投げ輪を3本もらった。

目指すのは、ぬいぐるみの前にある茶色い木の棒。あそこを目掛けて投げればいい。

前世で、輪投げのプロと言われた俺の実力を見せてやろう。

輪投げにはコツがある。まずは姿勢。自分の利き足を前に出し、足先を目標に向ける。

そして、自分の中心に投げ輪を持っていく。ここで注意するのは、下手に体を前に出さないことだ。体を前のめりにさせれば目標との距離は近くなるが、その分、不安定な態勢になる。そうすると、投げ輪が狙った箇所に行かなくなる。

俺は投げる姿勢を作り、目標を見据える。

投げるときは押し出すように投げ輪を飛ばし、手首のスナップは利かせないことが重要だ。

さあ。刮目《かつもく》せよ。輪投げの達人《クオイツ・プロフェッショナル》の力を！

前世の頃の動きを思い出しながら、すっ、と投げ輪を投合する。

投げ輪は放物線を描き、そして——。

「全然、ダメじゃない」

ナタリーは口に手を当てて、くすりと表情を緩めた。彼女の指摘した通り、投げ輪は目標の手前で落ちた。

「あっれえ……？　おかしいな。俺の想像では、華麗に決まっているはずなんだけどな」

ちなみに、ぬいぐるみは3本中2本、同じ棒に入らなければもらえない。

俺はもう一度集中し直して投げた……だが、結果は残念だった。

隣にある棒に入ってしまった。

うーん、どうしよう。

隣のものは、藍色の羽のような形をした髪飾りだ。

もう、諦めてあれを狙うしかないな。

俺は残り1つとなった投げ輪を右手で持ち、目標に向かって投げる。

投げ輪は放物線を描いて、するりと対象の棒に入った。

「よっしゃあああ！」

俺はガッツポーズして悦びを表した。

目的のものではなかったけど、いいものをゲットした。

俺はおっちゃんから髪飾りを受け取ると、自慢げにナタリーに渡した。

「ほら、あげるよ」

ありがとう、とナタリーは素直に感謝を口にした。

手に入れたのは、ヘアクリップの髪飾り。

彼女は髪飾りを受け取ると、光沢のある金色の髪に着けた。

「どうかしら？」

ナタリーは身体の向きを変え、髪飾りを見せながら言う。

え、あ……うん、言葉に迷いながらもポツリと呟く。

「めっちゃ……かわいい」

天使と女神の混血のような美しさが、そこにはあった。あまりの眩しさに俺は目を逸らす。やっぱり、ナタリーは可愛いな。

屋台で遊んだことで、ナタリーの機嫌がだいぶ良くなっていた。

その証拠に、彼女の歩みは軽やかになっている。

「お兄さんの試合、見に行くか？」

そろそろ、ユリアンの2回戦が始まる時間だ。今なら試合を見に行くことができる。結局、見に行くかどうかを決めるのはナタリーだ。今更、俺が言うことでもないが彼女に尋ねてみる。

ナタリーは返答に困っているようで、顎《あご》に手を置く。

「迷ってるなら、見に行くか？」

「どうして……？」

さっきは行くなと言っていたのに、どうして？　と彼女は表情で訴《うった》えかけてくる。言っていることが矛盾しているが、俺は彼女にとって最良の選択ならなんでもいい。

多少強引でもいいから、落ち込んでいるナタリーの気分を晴れさせたくて、遊びに誘っただけだ。

「それなら……私は見に行かない」

「いいのか？」

ナタリーの瞳が晴れた空の蒼さを映し出し、生気を取り戻しているように見える。

「いいわ……。私もこの鬱々《うつうつ》とした気分を晴らしたい」

「決まりだな」

俺はニヤリと歯をみせた。

「ちょっと、早い時間だが……飯にするか」

最近発見した、オススメの飯屋がある。

まさか、この世界にあれがあるとは……と感嘆した。

今日は特別に王都内を自由に行動でき、学園街を出てまっすぐに進む。

「とっておきのところに、連れてってあげるよ」

そう言いながら、大通りから少し逸れた通りに入った。

俺は迷いのない足取りで王都の通りを歩く。

「どこまで行くのかしら？」

どんどんと人気《ひとけ》のないところに向かっていくため、ナタリーが心配そうに声を漏らす。

ちょうどそのタイミングで、目的地が見えた。

着いた、と言って俺が指差したのは、この世界の人からすると少し変わった外観の店屋だ。

ナタリーは、え、ここ？　とでも言いたげな顔で俺を見る。

「よし、入るぞ」

暖簾《のれん》があり、それを潜って中に入る。その後ろをナタリーが恐る恐るついてくる。

ちょうどカウンターが2席空いており、俺はそこに腰掛けた。

「らっしゃいませー！」

ナタリーは、店員の大声にビクッと肩を震わす。

それもそうだよな、と彼女の動きを見て思った。

いきなり「らっしゃいませー」なんて意味わからん言葉を、それも大声で言われたら驚くに決まっている。加えて客も店員もむさ苦しい男たちばかりで、ナタリーのような若い女子は少ない。

油でつるつる滑る床やテーブル。お世辞にも綺麗とは言い難《がた》い内装だ。

出される料理は不健康そうな、こってりとしたスープである。そこには太めの麺《めん》が入っている。

さらに、ずるずると麺をすする音が聞く人には不快感を与えるだろう。

汗をかきながら必死に食べる彼らの姿に、ナタリーは言葉を失っている。

これを知らない人が見ると、結構怪しく感じるだろう。特にナタリーのような令嬢《れいじょう》が1人で来るような場所ではない。

何を隠そう……ここはラーメン屋なのだ！

この世界にラーメンがあると知ったときの感動を、今でも覚えている。

もう二度と食べられないと思っていたからこそ、涙を流して喜んだ。その際に隣でラーメンを食べていた男性が、ぎょっと驚いた目で俺を見ていた。

突如《とつじょ》、ラーメン屋で泣いている人がいたら、普通に驚くよな。

「ナタリーは、何にする？」

「え、えーと……オーウェンに合わせるわ」

しどろもどろになりながら、ナタリーは視線を彷徨わせて応える。それなら俺の一番のおすすめのものを頼もう。

「豚骨《とんこつ》ラーメンを2つください！」

俺は目の前で、額の汗を拭う角刈《かくが》りの男性に注文する。

「あいよ」

角刈りの男性は短く返事をした後、「豚骨2つ入りましたァ！」と大声を出す。

その声に、ナタリーは驚愕の表情をみせる。さっきからナタリーはビビリっぱなしで、その反応を見るのが楽しくもある。

ラーメンがあることと言い、この店の雰囲気と言い、日本人の影を感じる。

やはり、俺以外にも転生・転移者がいるのだろう。

「ねえ、オーウェン。ここで、ほんとに大丈夫なの？」

俺の耳元でささやくように尋ねるナタリー。

「大丈夫だ。味の方は……好き嫌いが分かれるかもしれんけど」

日本人の大半はラーメンが好きだ。しかし、その味に親しみがない人は、美味しいと感じにくいかもしれない。

ナタリーが、不安そうにきょろきょろしていたときだ。

「へい、おまたせ」

どんっ、と俺たちの前にラーメンが置かれる。

周りは、皆、当然のようにフォークを使ってラーメンを食べている。日本人だった俺からすると、ラーメンを箸では食べないことに違和感を覚える。

しかし、郷《ごう》に入れば郷に従えというように、俺もフォークを持ってスープの中から麺を取り出す。

そして、口に入れた。

美味い……！

見た目に反して、さっぱりしたクリーミーな味わい。

こってりした濃厚《のうこう》系も好きだが、こういうあっさり系のラーメンも良い。

俺がラーメンを食べるのを見ていたナタリーは、おずおずとフォークで麺を絡《から》め取り口に運んだ。

すると彼女は、ぼそっと呟いた。

「美味しい……」

「だろ！」

興奮のあまり大声を出してしまった。

ナタリーは俺の言葉に、怪訝《けげん》そうに顔をしかめる。

「これは……癖《くせ》になりそうな味ね」

「そうなんだよ。今度、料理長に言って作ってもらおうかな」

料理長ならさらなる改良を加え、もっと美味しいラーメンを作ってくれそうな気がする。

ラーメンを食べた後、ズズズっとスープを飲み干す。

ラーメン屋に長居はできないという理由で、俺たちはすぐさま店を出る。

「美味しかった」

俺はそう言って、ナタリーの方に視線を向ける。ナタリーも満足そうな表情で首を縦に振った。

「今から何する？」

「昔やってくれたように私を飛ばして」

「飛ばす……って？」

あのときみたいに、ナタリーはそう呟いた。

「全てを忘れて、空を感じたいの」

俺は頷き、「任せろ」と言った。ナタリーに背中を向けて身をかがめる。

ナタリーは、無言で俺の背中に乗った。

10歳のときと違って、ナタリーの体は女性らしくなっている。

それを感じ取り、心臓がドクドクと騒がしく脈打つ。彼女は俺の胸の前で腕をクロスさせた。

「しっかりと乗ってろよ」

ナタリーはコクリと頷く。

間違ってもナタリーを落下させないように、俺は彼女の両足を支えた。

「――引力解放」

ゆっくりと、地面から浮き上がる。

徐々に高度を上げていき、王都一帯が見渡せるところまで上がった。

「どうだ……？」

「ええ、綺麗だわ」

城壁《じょうへき》の外に目を向けると、広大な森が見える。

そして、空中を移動しながら視点を180度変える。西には、低い雲と地平線まで続く平原が広がっている。

「オーウェンは空を飛べていいわね……」

大勢の人に、飛行魔法が使えることを羨ましがられる。

しばらくの間、俺は重力魔法を他人に教えるつもりはない。カザリーナ先生と俺だけの技術にしている。それには色々な思惑《おもわく》がある。その1つに、破壊的な技術を安易に広められないことが挙げられる。

「ねえ、見て。人があんなにも小さく見える」

ナタリーはそう言って王都の人々を見下ろした。

見ろ！　人がゴミのようだ！

そう言って高笑いする、とある大佐の有名なセリフが頭に浮かぶ。

「……ちっぽけよね」

「そりゃ、こんな高いところから見れば、人も小さく見えるだろう」

「ううん……自分のことよ……」

自分のこと？　と聞き返す。

「小さいことで、うじうじと悩んでいて。ほんと、自分が嫌になるわ。……私はお兄様の言う通り、弱い人間よ。臆病でちっぽけな人間よ」

「そんなこと言うなよ」

彼女が自己否定するのを俺は止める。自分を憐《あわ》れみ否定して、それで物事が良い方向に向かうとは思えない。

誰であろうと、ナタリーを否定するのは許さない。

それがたとえナタリー本人であろうとだ。

「自分を卑下《ひげ》するな。強くて勇敢《ゆうかん》で優しい女の子でいてくれ。ナタリーがどれだけ自分を否定しても、俺はナタリーを肯定する」

「なんで、そこまで思えるの……？　私は――」

ナタリーは、ぎゅっと腕の力を強める。

「大事だから。大切に思ってるから」

この世界に来てから、初めて友人と呼べる存在だ。

「大事な友達が迷子になっているなら、道を指し示すことができなくても、傍にいてやることはできる。それが友達だと思う。……なあ、ナタリー。空は気持ちいいか？」

ナタリーは間を開けて、気持ちいいわと返答した。

俺は、じゃあと前置きして、ナタリーに提案する。

「空、飛んでみないか？」

ナタリーは迷わず首を縦に振った。

「飛んでみたい」

了解と俺は頷いた。そうして、ナタリーの足をゆっくり離す。

「え……ちょっと……」

空中で突然、足が自由になったナタリーは、腕の力を強めた。彼女の恐怖心が伝わってくる。

「手を離しても大丈夫だ」

「そんなこと……。だって落ちるじゃない！」

「俺を信じて」

俺はナタリーの手に触れ、軽く握った。そして、ナタリーの震える手を優しく離す。

すると――ふわっ、とナタリーが俺から離れていった。宙に浮く俺とナタリー。

「浮いている！　ねえ、オーウェン！　私、浮いている！」

俺は身体を反転させ、空に浮かんだナタリーと向き合う。

ナタリーは子供のようにはしゃいでいた。昔、パーティー会場から飛び去ったときみたいに、彼女は無邪気に笑っている。

やっていることは簡単で、重力魔法を使ってナタリーの身体を浮かしているだけだ。

「空飛ぶって、最高だろ」

俺は両手を広げて風を感じ、空を仰ぎ見た。太陽が眩しく目を細める。

「うん！　とっても――とっても！」

俺がナタリーに視線を戻すと、彼女は全身で喜びを表現していた。

「それは良かった」

「空を感じさせてくれ……ありがとう」

ナタリーの顔は、どこか吹っ切れたような笑顔だった。

その表情を見て、ああ、もう大丈夫だと俺は安心した。

◇◇◇

ナタリーは昔から、ユリアンに対し底知れなさを感じていた。

ユリアンがよく言葉にする、愛しの妹。

ずっと言われてきた言葉であり……ナタリーの嫌いな言葉だ。

感情の籠《こ》もらない碧の瞳で愛しの妹と言われても、愛情を感じることはできない。

むしろ、どこか馬鹿にされているような、惨めな気持ちにさせられる。

彼と接していると、自分がひどくちっぽけに思えてくる。才能とか努力とか、そういったものが全て無意味で無価値に見えてくる。

「どうせ、ナタリーには何もできない」

ユリアンの瞳はナタリーにそう訴えてくる。被害妄想《ひがいもうそう》かもしれない。でも、ユリアンのこちらの心情を見透かした瞳に、怖気《おじけ》づいてしまっていた。

そんな自分の弱さを、どうにかしたかった。だから、明日の試合にかけていたのかもしれない。

ユリアンに勝つために、準備をしてきた。

しかし、対策を練れば練るほど、恐怖が心を押しつぶそうと迫ってくる。

何度も、何度も、頭の中でシミュレーションし、それでも勝てる未来《ビジョン》が浮かばない。

その結果、得た答えが、ユリアンには勝てない、だ。

酷い呪いだ。

自分で自分に呪いをかけた。縛り付けたのは他の誰でもなく、ナタリー自身だった。

不安で仕方なかった。

「全てを忘れて、空を感じたいの」

ナタリーは、昔みたいに自分を連れ出してほしかった。

初めてオーウェンに会ったときのように、狭い世界から連れ出してほしかった。

呪縛《じゅばく》から、身も心も解き放ってほしかった。

いつから……こんなことを、考えるようになったのだろうか。

ナタリーは自分が弱い人間だと、自己嫌悪に陥《おちい》る。

わざわざ、オーウェンが遊びに誘ってくれた。自分を励ますためだとわかっていた。

でも、心に突き刺さった棘《とげ》が取れない。空を飛んでも、以前のように心が晴れることはなかった。

そんな彼女に向けてオーウェンは告げた。

「大事だから。大切に思ってるから」

オーウェンは意地悪な人だ。ナタリーが欲しい言葉を欲しいときに与えてくれる。大事なんて言われたら、自分を否定できない。否定してしまうと、オーウェンの想いすら否定することになるからだ。否定できないなら、自分を肯定するしかない。

オーウェンの指がナタリーの手に触れ、そして、ゆっくりと手が離れた。

突然の浮遊感。

空を飛んでいる、と実感したときの高揚感《こうようかん》。胸の高鳴りがナタリーの心を解放した。

「空飛ぶって、最高だろ」

「うん！　とっても――とっても！」

ナタリーも、オーウェンの動きに合わせて両手をいっぱいに広げる。そして、肺にこれでもかというくらい空気を詰め込んだ。

どこでも行ける気分になった。ああ、そうか、と彼女は納得する。

呪縛なんてなかった。

最初から、ナタリーを縛るものなんて何もなかったのだ。

「空を感じさせてくれて……ありがとう」

気持ちはすっきりした。

別に現状が大きく変化したわけではない。

試合がなくなったわけでもないし、ユリアンの強さは変わらない。

でも、大丈夫だと思えた。ナタリーは、さっきまで悩んでいたことが嘘のように晴れやかな気分になっていた。

翌日。ナタリーはユリアンと向かい合っていた。

「ナタリーの成長が見られて嬉しいよ」

今からナタリーと戦うはずのユリアンが、まるで他人事のように言った。それに対し、ナタリーは不満に思う。しかし、努めて冷静に彼女は言い返す。

「その成長のおかげで、お兄様を倒せます」

「ナタリーは頑張り屋だからね。期待しているよ」

ユリアンはどこまでも傍観者《ぼうかんしゃ》である。

別にどうだっていい、と彼女は聞こえないようにぼやく。これ以上の言葉の応酬は不要だ。

ここは、魔法で自分の力を証明する場だ。

オーウェンが認めてくれた雷魔法でユリアンを倒す。

ナタリーは審判の合図を待つ。静寂で包まれた会場の中で、彼女はユリアンを見据える。

始めっ！　と審判の声が響いた。

それを聞いたナタリーは、ユリアンに右腕を向けた。

「──雷撃！」

攻撃力に関して随一の威力を誇る雷魔法。右腕を砲身《ほうしん》にして放たれた雷《いかづち》は、放電しながらユリアンに向かって一直線に飛来する。

「雷撃」

ユリアンは同様の魔法を放ち、ナタリーの雷撃を相殺する。

「顕現せよ、紫電《しでん》の槍──」

ナタリーはすぐさま、雷を纏った槍を展開する。

雷をまき散らし召喚《しょうかん》された槍は、黄金色《おうごん》に輝く。

「貫けッッッ」

その矛先《ほこさき》をユリアンに向けて放つ。音が爆ぜ、空気が裂ける。紫電の槍がまっすぐに突き進む。

「雷電六角障壁《らいでんろっかくしょうへき》」

ユリアンは正面に、六角形の障壁を出現させた。

雷魔法は守りには向かず、攻撃に特化した魔法と言われている。

しかし、ナタリーの放った槍は雷の障壁を崩すことはできなかった。

紫電の槍ってのはね、とユリアンは笑みを浮かべて呟く。

「こうやって使うんだよ」

直後――ナタリーが作り出したものと同じ、黄金の槍が展開される。そして、ナタリーに向かって発射された。

「――身体強化！」

ナタリーは、ここ数年で身体強化を使えるようになった。

身体強化が有用であることは、ベルクやオーウェンが実戦で使っていることからも明らかだ。

加えて、彼女は身体強化を人並み以上に扱えた。

ナタリーはユリアンが槍を発射すると同時に土を蹴り、横に跳ぶ。槍はタリーの真横を通り過ぎるが、しかし――突然、方向転換した。槍がナタリー目掛けて迫ってきた。

「ツッ……！」

ナタリーは驚きで目を開きつつ身を捩《よじ》り避ける。次の瞬間、槍が壁に衝突し地響きが会場を包む。

「よく避けたね。ナタリーは凄いね」

ユリアンが喜色《きしょく》を浮かべる。しかし、目が全く笑っていない。

「無駄口を叩いて……余裕そうね」

「可愛い妹の成長した姿に、喜ばない兄はいないさ」

「――落雷一閃《らくらいいっせん》」

天から轟音が降りてきた。ユリアンの頭上めがけて雷が落ちる。

実戦での使用が難しいとされる遠距離魔法を、中等部1年で使う才能。ナタリーがオーウェンやベルクを抑えて主席で卒業したのは伊達じゃない。

彼女はまぎれもなく、天才である。

「雷電六角障壁」

六角形の障壁を頭上に展開する。雷が障壁に当たり、鳴動《めいどう》が振動となり大気を揺さぶった。

ナタリーはユリアンに両腕を向ける。

「閃耀《せんよう》の雷撃――――！」

彼女はユリアンに息つく暇を与えず雷を纏った弾を放つ。鋭い雷の一撃がユリアンに襲いかかる。

「神鳴《かみな》り」

目の前に迫る閃耀の雷撃を、ユリアンは上空からの一撃で消し去る。大地が揺れると同時に砂塵《さじん》が舞い、視界がくらむ。

「雷閃《らいせん》」

砂をかき分けるように、ユリアンの人差し指から一閃が放たれた。

砂塵を貫きナタリーに迫りくる雷。彼女は身体強化を使って移動し——避ける。

「ナタリーも、たくさん魔法を覚えたんだね」

「どうして本気を出さないの？」

ユリアンはいまだ無傷だ。

ナタリーは余裕の笑みを浮かべるユリアンに尋ねる。まだ、ユリアンは雷魔法しか使っていない。

彼は最も得意とする陰魔法を、一度も使っていないのだ。

「本気……？　どうして、僕がナタリーに本気を出す必要がある？」

「別にないでしょうね」

ナタリーは無駄話を終わらせ、ユリアンに向けて雷撃を放った。

その後、一進一退《いっしんいったい》の攻防が続いた。

しかし、時間との経過ともに、ナタリーは形勢《けいせい》が不利になっていく。

ユリアンの強さは、持っている技から来るものでない。彼は魔法の基礎がしっかり身についている。練度や制御、威力から、ユリアンの地力の高さを示していた。

ナタリーはユリアンとの戦いを繰り広げる中、徐々に焦りを募らせていく。陰魔法を使われたら確実に押し込まれる。

「どうした？　攻撃が雑になっているよ」

ユリアンが挑発するように声をかけてくる。彼が手を抜いていることは明らかなのに……ユリアンに、傷一つつけることすら叶わない。ナタリーは歯を食いしばった。

「落雷一閃――――！」

ユリアンの頭上に落とす雷。だが、ユリアンは雷電六角障壁で受け止めた。

ナタリーは決め手に欠け、焦燥感を覚える。ナタリーの雷魔法は高出力であり、大抵の相手ならば雷撃だけで勝負がつく。だからなのか、彼女は長期戦を苦手としている。

歯ぎしりをしつつ、ナタリーは状況を好転させる手段を模索する。相手は自分よりも格上の敵だ。

オーウェンの持つ【イフリート】のような、強力な魔法をナタリーは扱えない。それがナタリーの弱点だった。そもそも、必殺技と呼べるほどの魔法なんて普通は持っていない。

現状を覆せる技がない。嘆《なげ》きではなく、状況の確認をした。

「雷げ――」

彼女は雷撃を放とうとしたが途中で詠唱《えいしょう》を止める。自身の身体に違和感を覚えた次の瞬間――、

「がッ……！？」

突如、ナタリーは足元がふらつき……呼吸が苦しくなった。

「ようやく、効き始めたようだね」

「何を……したのですっ！」

ナタリーは、喉を押さえて叫んだ。

「君に陰魔法をかけた。それだけだよ」

そんな――と彼女は絶句する。

ユリアンは、陰魔法を使うような素振《そぶ》りを一度も見せなかった。だからと言って、油断をしていたわけじゃない。

最初からずっと、ユリアンの動きを警戒していた。陰魔法を使ったら気づくはずだ。

しかし、一つだけ考えられることがある。まさか――とナタリーは驚愕した。

「無詠唱!?」

無詠唱魔法はその名の通り、詠唱なしで魔法を使う技だ。

無詠唱魔法は、詠唱魔法よりも魔法が発動しにくい。

魔法はイメージによって発動する。しかし、イメージだけで魔力を魔法に変換させるのは難しい。

だから、詠唱という手段でイメージを補完し、魔法を発動させている。

無詠唱ではより鮮明なイメージが必要になり、加えて、細かな魔力制御と多大な魔力が求められる。そこまでして無詠唱を使うメリットはない、と考えるのが一般的だ。

しかし、無詠唱は使われないと決めつけたのは、ナタリーの失態だ。

でも……とナタリーは声を漏らす。

「だとしたら、いつ?」

「最初から……ずっとだよ。会場全体を陰魔法で覆うのには、結構、苦労したよ」

ユリアンはとんでもない発言をした。無詠唱で会場全体を覆う魔法を発動するのがどれほど大変なことか、ナタリーは当然理解している。

そんな状態で、ナタリーと互角の試合を演じていたとでも言うのか?

ナタリーは、自分とユリアンとの実力差を痛感し愕然とした。

「さあ、ネタバラシは終わりだ。そろそろ、この試合も終わりにしよう――陰よ、纏わりつけ」

黒い影が、ナタリーに向かって一直線に飛んできた。

ナタリーは瞬時に身体強化を発動し、陰魔法を避けようとする。

しかし、ナタリーは全身に錘《おもり》が乗っているように重さを感じた。呼吸が荒くなり身体が冷たい。

「――捕まえた」

影によって足がからめ捕られ、そして、影はナタリーの全身に纏わりついた。影が触手のような形に変化し、ナタリーの口の中に入り込んだ。その瞬間、身体に電気が走ったかのように、彼女は身体を大きく揺らした。

ナタリーは体の重みに耐えきれず、ガクッと地面に膝をついた。

「これで試合終了《ゲームオーバー》。残念だったね」

ユリアンは、ゆっくりとした足取りでナタリーに近づいてきた。

それを見ながら、ナタリーは必死で対策を考えるが、指一本動かせない。

魔力も、どろどろと濁《にご》った液体のように重く、扱いにくい。

陰魔法は、直接相手にダメージを与えることもできなければ、術者の身を守ることもできない。使い勝手が悪く、その特性を使い切れる者は少ない。しかし、使いこなせば強力な魔法となる。

「陰魔法は、その名の通り陰となる魔法だ。日の当たらない僕にこそふさわしい。誰にも気づかれずひっそりと相手に忍び寄り、刈り取る」

ユリアンは、ナタリーの目の前まで来ていた。

「勝負はついた。降参してくれるかい？」

嫌よ、とナタリーは首を振って否定する。

「それなら仕方ない。少し痛いかもしれないが我慢してくれ」

そう言って、ユリアンはナタリーの額に触れた。その瞬間、ナタリーの中に異物が入ってきた。濃厚な影の匂いが充満する。

「ご……ぉ……」

ナタリーの体がさらに重たくなった。彼女は頭痛や吐き気、めまいを覚え焦点が定まらくなる。諸々の痛みを、一度に味わったかのような不快感が彼女を襲う。ナタリーは意識を失いかけた、

「負けるな――――ナタリー！」

どこからか、オーウェンの声が聞こえてきた。それによって彼女の意識が覚醒する。

「私は……負けない……」

ナタリーは唇を噛み、外的な痛みを加えることで意識を保った。まだ……負けるわけにはいかない。そう思うものの……現状を打開できる策《さく》が思い浮かばない。

意識を繋ぎ留めただけで、何かが好転したわけではない。

相変わらず身体は思い通り動かず、魔力は自分のものでないようだ。

へぇ……とユリアンは顎をなでる。

「どうやら、本当に成長したみたいだね。それなら次は耐えられるかな？」

ナタリーはユリアンの言葉に返せるだけの余力は残っておらず、睨みつけるので精一杯だ。

まさに絶体絶命。

しかし、そんな中でもできることはある。諦めることなんて、いつでもできるのだから。窮地《きゅうち》でも活路を見いださなければならない。

体は動かせないが、魔力なら……まだ動く。まだ何かできるはずだ。

ナタリーは、ドロドロとした魔力を無理やりにでも動かすため、瞳を閉じて魔力操作に集中した。

「今度こそ終わりだ」

ユリアンがナタリーの額に触れようとした、その瞬間。

「雷神武装《らいじんぶそう》」

ナタリーは全身から、ばちばちと雷を発生させた。

瞳を閉じたまま黄金の髪を逆立たせる姿は、まさに雷神のようだ。

ユリアンは手の先が雷に触れ、痛みが走り、慌てて引っ込める。

「まさか……武装魔法！？」

彼は、今日初めて驚愕した表情を見せた。しかし、一瞬で思考を切り替える。

「陰よ！」

影を操り、鎖で縛り付けるかのごとくナタリーの全身を拘束した。だが、それは無意味だった。

「なんだ……と!?」

ナタリーは、手足に纏わりついた影を物ともせずに歩み始めた。ぶちぶちと音を鳴らし影が引きちぎられる。身体強化でも引きちぎれないほどの影を、ナタリーは軽々と断ち切った。

ナタリーの身体は、身体強化以上に強化されていることになる。

あるいは、ナタリーに纏わりつく雷が影を引き裂いているのもしれない。どちらにしろ、ユリアンの脅威であることに変わりはない。

ナタリーは、ユリアンめがけて腕を振った。

「複合魔法――影ノ雷電六角障壁《かげのらいでんろっかくしょうへき》！」

瞬時に生成した雷の障壁。それは影に覆われている。防御力は雷電六角障壁よりも遥かに高く、それを用いてナタリーの攻撃を防ごうとした。

しかし、ナタリーの右腕が障壁を貫通した。ユリアンの脇腹にナタリーの拳がめり込んだ。

「ぐはっ……！」

ユリアンの脇腹に鋭い痛みが走るり――肋骨が折れる音がする。

痛みに身を悶《もだ》える時間をユリアンに用意させないように、ナタリーは追撃をかけた。

ナタリーの拳がユリアンの目の前まで迫っていた。ユリアンは身体強化を刹那《せつな》に行い、後ろに跳ぶことでナタリーの拳をかろうじて躱《かわ》す。

身体強化を重視するセントラル学園の中でも、ユリアンのそれは優れた部類に入る。

態勢を立て直したユリアンは、ナタリーを見据える。

彼はこの戦い……いや、この大会が始まって以来初めて焦燥《しょうそう》を感じた。

たった一撃。しかし、脇腹の痛みは尋常《じんじょう》ではなく、彼は歯を食いしばってようやく立っていられる状態だった。

これ以上は遊んでいられないな、とユリアンが考えたときだ。

バタッと、ナタリーが突然その場に倒れた。彼女が纏っていた雷はなくなっていた。

罠か？　とユリアンは考えたが、しばらく経っても彼女が動き出す様子はなかった。

ナタリーの失神を確認した審判が、ユリアンの勝利を宣言する。

そうしてユリアンは勝利を収めた。あっけない終わりだった。

ナタリーは途中から、意識を失った状態で戦っていたようだ。

もし、彼女に意識が残っていれば……そう考えてユリアンはぞっとする。しかし、勝ったのはユリアンだ。

「我が妹ながら恐ろしいよ。全く……」

うつ伏せになって倒れているナタリーに向けて、ユリアンは呟いた。

◇◇◇

怪我をしたナタリーは、気を失っている間に医務室に運び込まれていた。四大祭のために、優秀な治癒魔法使いが国内から集められている。

国家最高峰の医療機関からも、スタッフが派遣されてきている。

体の一部が欠損するような大怪我でもしない限り、1日で治してもらえる。

何をそこまで、と思うかもしれない。しかし、四大祭は戦闘が激化しやすく、場合によっては死人が出る可能性だってある。

「大丈夫か？」

オーウェンが心配そうに、ナタリーの顔を覗き込む。

ナタリーは、ベッドからもぞもぞと起き上がった。

「ええ、平気よ」

実際、治癒魔法使いのおかげで痛みはすっかりなくなっている。もとより、今回の試合でナタリーは物理的なダメージをほとんど受けていない。

「オーウェンはどう？　3回戦は勝てた？」

「おう！　バッジシだぜ！」

ピースサインを作って、オーウェンはニカっと笑う。

オーウェンが勝った、つまり彼は準決勝に駒を進めたということだ。ナタリーも今日勝っていれば、次の試合でオーウェンと戦うことになっていた。

「私は負けたのね……」

彼女は、改めて自分の敗北を実感する。

「いい試合だったな」

オーウェンが、気遣うようにナタリーを見つめる。

「全然よ。お兄様は本気を出していないもの」

ユリアンは、わざわざ陰魔法を無詠唱で発動するという、回りくどい手段を取る必要などなかった。陰魔法でナタリーを追い込む手段は他にもあったはずだ。

「そんなことない。あの人も結構焦ってたよ。最後なんかは特にね」

「ふふ、そう？　一泡吹かせてやったわ」

ナタリーは負けたものの、最後に一矢報いたことに充実感を覚えていた。

ユリアンの強さを肌で感じながら、自分のやれる最善をつくした。その結果、負けたのだから、納得もできる。

雷神武装を使ってからの記憶はほとんどない。

だけど、ユリアンの驚愕した表情だけは微かに記憶として残っている。それが見られただけでも、十分満足だ。

「さすがナタリーだな。雷神武装だっけ？　かっこいいな、あれ！」

そう言って、オーウェンが自身の髪を両手で逆立ててはしゃぎ始めた。

「次はオーウェンね。私の分まで頑張りなさいよ」

もちろん！　とオーウェンは大きな動作で頷く。

オーウェン対ユリアンの戦い。

心情的にはオーウェンに勝ってほしい。だが、しかし、現実的に見てオーウェンがユリアンに勝てるとは思えない。

「ところで、ナタリー」

オーウェンが、急に真剣な表情を作る。

ナタリーは不審な目をオーウェンに向けた。

「……なに？」

オーウェンはナタリーの頭に、ぽんっ、と手を置いた。

「よく頑張ったな」

彼は優しい声をナタリーに零した。

突然そんなこと言われたナタリーは、意表をつかれて慌てる。

「何を……急に……」

「悔しいときは、素直に悔しいって言うもんだ」

オーウェンはぽんぽん、とナタリーの頭を軽く叩く。その瞬間、ナタリーは隠していた自分の気持ちに気づいた。

一泡吹かせたから、達成感を得た？　それは確かに本当のことだ。

だからって、悔しくないわけじゃない。

今までのナタリーならユリアンに勝とうとすら思わなかった。

戦う前から諦めていた。でも、今回は違う。

「悔しい……。私は勝ちたかった」

ユリアンが格上であろうが関係ない。ナタリーは本気で勝ちにいった。その結果、負けてしまって悔しくないはずがない。

「あーあ、本当に嫌になるわ。お兄様は強すぎよ」

ナタリーはわざと軽い口調で言い、白い天井を向いて涙が出そうになるのを抑えた。

オーウェンの前で泣きたくなかった。彼とは対等でいたいという、ナタリーの小さなプライドだ。

そうやって、ナタリーが眉間にシワを寄せて涙を我慢しているときだ。

オーウェンが急に接近してきた。

そして、彼はナタリーに覆い被さる。

え、ちょっと……とナタリーは困惑する。今、何が起きているのか……脳《のう》の処理が追いつかない。

ただ、現象だけを説明すれば、オーウェンが突然ナタリーの体を抱きしめたのだ。

ナタリーは口をパクパクさせるが、上手く言葉が出てこない。

彼女は絶賛パニック中である。心臓が早鐘《はやがね》のように脈打ち、顔がプシューっと赤くなる。ふいに抱きしめてくるのは反則だ。乙女心をわかっていない、とナタリーは頭の中で抗議する。

もちろん、無言の叫びはオーウェンに届かない。

「――あとは俺に任せろ」

ナタリーの耳元で、オーウェンはささやいた。

ナタリーはそれを聞いて、赤い顔を蒸気が出るほど真っ赤にさせた。

「不意打ちとか卑怯《ひきょう》よ……」

彼女は不覚にも、オーウェンのことをかっこいいと思ってしまった。

「これで負けたら、承知しないわよ」

ナタリーは、自分の気持ちを誤魔化すように言葉を吐いた。しかし、赤くなった顔は冷めることを知らず、ナタリーはそれを隠すようにオーウェンの胸に顔を埋める。

彼の温もりには不思議な安心感があり、心地良かった。

◇◇◇

俺の体が、勝手に動いていた。

今にも泣きそうなのにそれを我慢しているナタリーを見ていたら、感情が爆発し抱きしめていた。

「――あとは俺に任せろ」

調子に乗ってしまった。

ふぎゃあぁ、と身悶え、恥ずかしさで死にそうだ。完全にやらかした。黒歴史を製造し爆死してしまった。

穴があったら入りたい。そこで、しばらくの間、籠もらせてほしい。

ナタリーと別れた後、俺は羞恥心で顔を赤くしていた。

なぁにが……〝俺に任せろ〟だ。

カッコつけすぎだよな。そんなこと言うキャラじゃないよな。

わかってる……わかってるんだけど、言っちゃったんだ……。

だって、あんな表情を見せられたら……仕方ないじゃないか。涙を必死で我慢し、上を見上げるいじらしさに、心を動かされた。

普段が凛としているからこそ、そのギャップにやられた。

うるうるした瞳の凄まじい破壊力。それは、アームストロング砲並みだ。

ナタリーのアームストロング砲になら、壊されてもいいとすら思えた。

「あーあ、変なこと言っちゃったよ」

あの後、正常な思考に戻った俺は、逃げるようにしてその場を去った。黒歴史を忘れようと頭をぶんぶんと大きく振る。

今、一番考えなければならないのは、

「――――ユリアンに勝つことだ」

俺は自分に言い聞かせるように呟き、思考を切り替えた。

ナタリーとユリアンの試合を一部始終見ていたが、ユリアンの底が知れない強さに戦慄した。

「俺に勝てるのか――――？」

純粋に湧いてくる疑問。

どうやってユリアンを倒すか、頭を捻らせる。

一つだけ可能性はある。【銃弾】を使えば、ユリアンを倒せるかもしれない。

【銃弾】は雷魔法よりも早く、極限に圧縮された弾の威力はユリアンに届く可能性を秘めている。

だけど、う……っ、と俺は突然こみ上げてきた吐き気に口元を押さえた。

頭に浮かぶのは3年前の事件だ。だいぶ昔なのに、いまだに澱《おり》のように心の底に沈殿している。

あれから、【銃弾】を使ったことはない。

時が経つほどにトラウマが肥大化し、拭いきれない過去として残ってしまう。

こんな状況では、人に向かって撃つなんてできやしない。

あれは――人を殺す魔法だ。

しばらくすると吐き気が収まり、気分を変えるように青い空を見上げた。

「どうしよっかな」

ユリアンとの対戦について良い対策が浮かばないまま、ぶらぶらと歩く。

すると、忙しそうに動き回っているクリス先生を発見した。

こういうときのクリス先生には、近づかない方がいい。面倒なことを頼まれるからだ。

そう思って体を反転させ、来た道を戻ろうとしたときだ。

「おい、オーウェン。どこに行く？」

クリス先生に見つかり声をかけられた。振り向きざまに、散歩ですと答える。

「先生は忙しそうですが、何かあったんですか？」

「ちょっとした騒ぎがあってな」

「騒ぎ……ですか？」

「昨日の夜、突然、学園内に黒い影が現れたという通報があってだな……いや、これはお前に言うことでもないか……」

クリス先生は深いため息をついた後、疲れた表情をする。

「教師からすると、四大祭ほど面倒なものはない」

「楽しくは……ないですよね」

色々と、気を回す必要がある四大祭は、教師にとって嫌なイベントだろう。それに、前世の運動会と違って、極めて危ない不審者が学園内に入り込む可能性がある。

誘拐事件なんて起きたら、たまったものではないだろう。

生徒を簡単に誘拐できるほど、四大祭のセキュリティは甘くない、とそう信じたい。

「何事もなく終わって欲しいんだがな」

「そういうときに限って、何かが起こるんですよ」

「縁起の悪いことを言うな……。それよりお前、暇そうだな」

クリス先生がこう言うときは何かがある。

もしかして雑用を押し付けられるのか……？　この人は俺をパシリか何かだと思ってるからな。

「あ、いえ、暇というわけでは……」

俺は警戒心を抱きながら、言葉を濁す。

「そうか。それならいい。休憩がてらお前と話そうと思ってただけだ」

なんだ……頼み事とかではないのか。それなら警戒する必要はなかった。俺も先生に聞いておきたいことがあったし。

「すみません。暇です。特にやることはないです」

「お前さっき……」

ジト目で俺を見たクリス先生は、軽く首を振る。

「いや、なんでもない。それなら少しだけ付き合ってくれ」

クリス先生に連れられて、喫茶店に着いた。

昼のピーク時は過ぎたというのに店内は混み合っており、しばらく店の前で待つ羽目になった。

そうして店内に入り、お互いコーヒーを注文する。

クリス先生はコーヒーを一口飲んだ後、表情を緩めた。

「ここまでよく勝ち進んだな」

突然のクリス先生からの称賛に対し、俺は絶句する。

「クリス先生に褒められた……」

危うく手に持っていたカップを落としそうになった。

最近、クリス先生の俺に対する扱いがどんどん雑になってきており、それが原因で突然の称賛にびっくりしてしまった。

「お前は……私をなんだと思っている？　成果を出した生徒を褒める。教師として当然のことだ」

「教師の当然とクリス先生の当然は、違いますから……」

「……お前のそういうところが、褒める気をなくさせるんだ」

クリス先生の声には多分に呆れが含まれていた。

「まあいい。それで……どうかしたのか？」

「なんですか？　急に」

「悩み事があるなら言ってみろ」

悩み事？　と首をかしげる。

「先生の休憩のために来たんじゃ……？」

「お前の話を聞いてやると言ってるんだ。いいから、さっさと話せ」

クリス先生は面倒そうに言いながらも、その言葉に優しさが含まれている。

「その……なんていうか……」

俺は、もごもごと口を動かす。急に相談するとなると、なんだか緊張してしまう。

「ユリアンのことだろ？」

クリス先生は真剣な顔つきで尋ねてきた。

「そうなんですけど……。正直に言ってください。僕は明日、勝てると思いますか？」

「無理だな」

クリス先生は、ばっさりと切り捨てるように即答した。

「え、はやっ……迷うそぶりすら、なかったんですけど」

「ユリアンの実力は他とは一線を画してる。あと2年……いや1年後のお前なら、いい勝負ができるかもしれん。だが現状、ユリアンに勝てるとは到底思えんな。会場全体を陰魔法で覆いながらナタリーと互角に戦うなど、もはや中等部どころか、学生の域を超えている。あれは、頭ひとつ抜けてるぞ」

クリス先生の言うことは、俺も感じていたことだ。今の俺の実力では及ばない。結局、それを再認識しただけになった。

「ユリアンに深手を追わせたナタリーはさすがだと思うが、それも油断があってのこと。あの歳であそこまで実力とは……末恐ろしいな」

「でも、僕は勝ちたいです」

クリス先生は俺の瞳を見て、真面目に応えた。

「誰もが勝ちを望んでいる。勝ちたいのはお前だけじゃないし、気持ちだけで勝てるほど、四大祭は甘くはないぞ」

四大祭で2度の優勝を飾ったクリス先生の言葉には、重みがある。

クリス先生は厳しい言葉を吐いた後、だが、と付け加えた。

「お前なら何かやってくれるかもしれん」

客観的に判断を下せるのが、クリス先生の良いところだ。だから、彼女の見解は信用できる。勝てないと明言されたうえで、俺にも可能性があると言ってくれた。そのことが妙に嬉しかった。

「期待……してくれるんですか？」

「多少は、な。1ペニーぐらいの期待だけどな」

「安すぎません？」

「マイナスよりはマシだろ？」

「いや、そこはせめてないよりはマシと言ってくださいよ。……コーヒー代にもならない期待じゃあ……いや、応えてみせますよ」

俺は残り少なくなったコーヒーを一気に飲み干した。ちょうど、今、口に入れたコーヒーが1ペニー分くらいの量だな。

やっぱり、期待値低すぎない？　と思った。

◇◇◇

準決勝まで残ったのは、俺とユリアン、ベルク、カイザフの4人。

残り2試合で優勝者が決まる。四大祭の準決勝ということだけあって観客席は満員だ。興奮が渦巻く会場内では、観客の息遣いだけで熱気が感じられる。

俺とユリアンの試合が、先んじて行われる。

大声援の中、俺はユリアンと無言で向き合っていた。

ユリアンは軽薄そうな笑みを浮かべているが、うっすら開いた瞳からは感情が窺えない。

幼い頃からユリアンの無感情な視線に晒されたら、トラウマにでもなりそうだ。人はここまで冷めた目をできるのか、と妙なことに感心した。

ユリアンの碧眼を見ていると、心を見透かされそうで怖くなる。俺はユリアンから視線を外した。

彼の胸のあたりを見ながら試合開始の合図を待った。

そして――――

「中等部、準決勝。ユリアン対オーウェンの試合――――始め！」

静寂に包まれた試合会場で、審判の掛け声が響き渡る。

俺は右腕を目の前に突き出し、左手でそれを支える
「燎《かがりび》……！」

ユリアン目掛けて、圧縮された高火力の火魔法を放つ。

「雷撃」

炎と雷がぶつかり合い地響きが鳴る。大地が削られ、小手調べとは思えない威力に緊張が高まる。

「地獄の火炎、イフリート！」

火炎は熱気を発しながら、ユリアンに襲いかかる。

「黒壁《こくへき》」

ユリアンが漆黒《しっこく》の壁を生成すると、イフリートの炎がそれによって防がれた。

直後――――、

「闇に潜む暗影《あんえい》の腕《かいな》が、汝《なんじ》をからめ捕る」

黒壁から、漆黒の触手がうじゃうじゃと出現した。見る者に嫌悪感を与える禍々《まがまが》しい触手が俺を絡みとろうと迫ってきた。

俺は身体強化を使ってユリアンとの距離を取る。触手の動きは思った以上に速く、逃げ回るので手一杯になる。

「雷撃！」

ユリアンは陰魔法を使用している状態で、間断なく雷魔法を放ってきた。

「くそっ……」

触手は意思を持っているかのように蠢くため、1人で2人を相手にしているような気分だ。触手

から逃げながらユリアンにも注意を払う。

「火球！」

触手にも火魔法は効くようで、迫りくる触手を燃やす。だが、数が多いうえに触手は燃やしても次々に出現するためきりがない。

必死に逃げていたが、とうとう逃げ場がなくなり、四方八方を触手に囲まれた。

「猛火《もうか》の嵐を解き放つ、巻き起これ、火炎の渦！」

俺は自分を中心に、激しく荒れ狂う火炎の渦を発生させた。炎が周囲の触手を悉《ことごと》く焼き払った。

以前、カイザフが使っていた魔法を自分なりにアレンジしたものだ。

「隆起《りゅうき》する大地、鋭利な穂先で貫け！」

ユリアンの目前の大地が盛り上がり、鋭い尖端《せんたん》が彼に襲い掛かる。

「雷撃！」

隆起した土をユリアンが一撃で粉砕する。

この一瞬の攻防の間に触手が再び増加しており、俺の眼前まで迫ってきていた。

逃げても、燃やしても、意味がない。そうなると取れる手段は……相手にしないことだ。

俺は身体強化を行って駆け出す。

「――――風よけ」

空気抵抗を少なくすることで速度が増す。ユリアンに向かって一直線に走る。

そして、右手の拳を握った。

「鉄拳……！」

ユリアンの腹目掛けて、拳を突き出す。しかし——ユリアンは軽やかに俺の拳を避け、ステップを踏んで身を翻した。直後、ユリアンは俺の肩に、ぽんと手を置いた。

「——海淵《かいえん》の牢獄《ろうごく》」

全てを覆う黒が形成される。

俺の視界が暗黒で塗りつぶされた。どこを見渡しても、闇が広がる世界では何も見えない。聞こえていた歓声も、今は全く聞こえてこない。

音と色を失った空間。人は暗闇に恐怖を抱くという。今なら、その意味がわかる。

光がどれほどありがたいものかを実感する。本物の暗黒がここにあった。

自分の吐く息さえも、聞こえてこない。

「猛火《もうか》の嵐を解き放つ、巻き起これ、火炎の渦！」

激しい炎を発動させたはずだが……何も起きない。

次に、身体強化を施す。闇から逃れるために動き回る。だが、どこまで行っても漆黒が全てを覆いつくしている。

ここはどこだ。焦燥が募り「あああぁぁぁぁぁぁっ」と叫ぶ。しかし、音が響かない。

声を枯らすほど叫んだはずの自分の声ですら、全く聞こえてこない。

それは恐怖だった。未知との遭遇に、俺は身体が震えを押さえられない。

「——引力解放」

もし、ユリアンの魔法が会場全体を覆い尽くすほどの闇だとするなら、空までは覆えないはずだ。

俺は重力魔法を使って空を飛ぶ……が、しかし——

「あぅ……ぁ……があああぁぁ」

少し浮いた瞬間、足が何かにからめ捕られ、そのまま地面に叩きつけられた。暗闇の中、感覚だけで判断する。それは、先ほどユリアンが発現させた触手であると考えた。

直後、倒れた俺の身体に触手のような、何かが纏わりついてきた。

「や……めろ！」

強引に触手を解こうとする。しかし触手は次々に体に纏わりつき全身が拘束されてしまう。

「身体強化――――！」

全力で影を振り切ろうとするが――――。

「くっ……ぅ……」

触手はまるで鋼鉄のように、硬さをもって俺を縛り付けていた。そして、口を縛られ声も出せなくなる――――絶体絶命のピンチが訪れる。

その刹那、真っ暗だった視界が急に色を取り戻した。同時に会場の歓声も聞こえてくる。

俺は影によって身体を覆い隠され、ガチガチに拘束されていた。

「ナタリーのように手加減はしない。もちろん、油断もね」

眼前――手の届く距離にいるユリアンは、俺に冷酷な瞳を向けながら告げた。

「さあ、終わりにしよう。――――廃人になっても恨まないでくれ」

スッと彼の右手が俺の額に触れようとする、その瞬間――――ゾクッと本能的な恐怖を抱いた。

逃げたいと心が渇望する。逃げなきゃ駄目だ。あの手から逃げなきゃ、とんでもないことが起こる。

しかし、身体が動かない。

嫌悪感が、ぞわぞわと背筋を駆け上る。や……め……と絞り出そうとした声は喉元で止まる。ユリアンの指が額に触れた。

あああぁぁぁぁぁぁぁぁ、声にならない叫び声を上げる。

額から、何かが入り込んできた。直後、焼けつくような頭痛に襲われる。重くて気味の悪い異物が、身体の中をもぞもぞと蠢《うごめ》く。

異物は眼球から飛び出したかと思えば、再び体内に戻ってくる。

吐き出したい。気持ちが悪い。俺を犯さないでくれ。やめろ、やめてくれ。痛い、痛い！　ああ、あぁぁぁぁあ。苦痛で頭がどうにかなりそうだ。

自我が剥《は》がれ落ちていく。苦しい、息が苦しい。

視界がぐらぐら滲み、次の瞬間、暗転した。

◇◇◇

ユリアンは自身の勝利を確信した。

まず、オーウェンに使った【海淵の牢獄】は、対象者の視覚と聴覚を完全に奪う魔法だ。他の人から見れば、オーウェンの動きが急におかしくなったように見えるだろう。

光と音をなくした状態でまともに戦えるはずもなく、オーウェンを影で拘束するのは容易だった。

そして、ナタリーのときには手加減した陰魔法——精神破壊をオーウェンに使用した。

万が一にも後遺症《こういしょう》が残らないようにと慢心したせいで、ナタリーに追い込まれてしまった。

だが、オーウェン相手に手加減するつもりはない。

有象無象がどうなろうと、ユリアンには関係のないことだった。たとえオーウェンが廃人《はいじん》になろうと、ユリアンからすればどうでも良かった。

もちろん、本気で廃人にする気はない。適度に壊れる程度で済ませるつもりだ。

オーウェンを拘束した状態で彼の額に触れる。

そして、オーウェンに精神破壊を使った。直後、オーウェンの視線が苦悶で揺れ動いた。

陰魔法は拷問《ごうもん》にも使われる魔法だ。内側から人を壊すことができる。

オーウェンにかけたのは、それなりに強めの精神破壊魔法だ。

オーウェンは、しばらく目を見開き必死に足掻いていたが、数十秒と持たず体の力が抜けた。

「僕の勝ちだ」

ユリアンは、オーウェンの拘束を解く。

そして、審判にオーウェンが倒れているところを見せつけた。

この状態を見れば結果は一目瞭然。

観客席から、ナタリーが「しっかりして！　オーウェン！」と叫ぶのが聞こえてくる。

「勝負はつきましたよ」

ユリアンは審判に念を押した。内心でオーウェンのことを期待はずれだ、と呟く。

オーウェンがこの程度の実力だとは思わなかった。

オーウェンの持つ魔法の1つ1つは高火力だろう。

そして、飛行魔法も含めれば、オーウェンは天才を持て囃す周囲の気持ちも理解できる。

だが、その程度だ。

オーウェンが想像通りの実力だったことを期待はずれに思った。だから、ユリアンはオーウェンを有象無象と考え、壊れても問題ないと判断した。

審判は、オーウェンがピクリとも動かないことを確認し、右手を突き上げた。

「勝者――――」

そして、ユリアンの勝ちが宣言されようとした――――そのときだ。

「――――があああああああああああああああ！！！」

倒れていたオーウェンが突然、咆哮《ほうこう》を上げた。

審判は、ぎょっとした目でオーウェンを見た。

「まさか……あれを受けて意識が残っていた？　いや、そんなはずはない……」

誰も聞こえない声音で、ユリアンは呟きを漏らす。

ユリアンが使った精神破壊魔法は、大人ですら一瞬で昏倒《こんとう》させるものだ。

間違いなく意識を刈り取った。それは間違いないはずだ。

「ああうあぁぁぁあああああああぁぁぁぁ！」

オーウェンが瞬時に起き上がり、体を仰《の》け反《ぞ》らせ空に向かって吠えた。

それを見たユリアンは小さく声を上げる。

「理性を……なくしたのか……？」

オーウェンに鋭い視線を向ける。

オーウェンの雰囲気が先ほどとは異なり、彼からは知性の欠片も感じられない。凶暴さが身体を支配しているように見えた。

血走った目と荒い息。涎を垂らし手をぶらぶらさせながら、猫背のように体を丸めている。

それはオーウェンではない何か――――まさに、獣のようだった。

オーウェンがユリアンとの距離を詰めようと走り出した。

「――――影よ」

ユリアンは複数の影を同時に操り、オーウェンの腕を拘束した。

理性がないのなら動きが単純となり、捕まえるのは容易になる。

「があぁっぁぁあああああああああああ――――！」

オーウェンは、まるで腕が折れるのも厭《いと》わないというように、無理やり影を引き離そうとした。

廃人になったか……それとも……身体に獣を飼っていたとでも言うのか？　とユリアンは考える。

しかし、どちらにしろユリアンには関係ない話だ。

ユリアンはオーウェンの腕だけでなく、脚や頭、そして身体全体を影で拘束した。

獣に言うことを聞かせるには、痛みを覚えさせるのが一番だ。

「紫電の槍」

雷を纏った黄金の槍を出現させ、先端を影にからめ捕られたオーウェンに向けた。

「穿《うが》て」

槍を放った刹那、ぐさりと紫電の槍がオーウェンの肩を貫く。

突き刺さった槍が電《いなづま》を発し、オーウェンの身体に電流が流れ込んだ。

オーウェンは絶叫したが、すぐにぐったりと倒れる。そして抜け殻のように何も言わなくなった。

# 第七幕

「ここは……どこだ？」

周りに見えるのは……会社の——オフィス？

どういうことだ？　俺はユリアンと戦っていたはずだ。

現状を理解できず、困惑する。

「あれ？　そもそも、ユリアンって誰だ？」

俺がそう言った瞬間、女性に話しかけられた。

「なに寝ぼけたこと言ってんですか？」

振り向くと、そこには艶やかな黒髪の美人がいた。

「あれ？　深雪《みゆき》……？」

「ほんとに寝ぼけてます？　就業時間内ですよ」

ほとほと呆れ顔で俺を睨む深雪。目の下にほくろがあり、本人曰くチャームポイントらしい。

美人に泣きぼくろとくれば、鬼に金棒だ。

「あ……いや……その」

そうだと俺は手を叩いて、昨日《さくじつ》のことを思い返す。

俺が担当していたプロジェクトが終わり、昨夜にお疲れ様会があった。そこで、お酒に弱いのにも関わらず調子こいてビールや焼酎をたくさん飲んだ。その結果、俺は二日酔いで出社してきた。

「佐々木先輩なら、仕事はしっかりやるんでしょうけど……」

深雪は嘆息しながら呟く。

彼女は、やけに俺のことを信頼している節がある。彼女が1年目のときの教育を任され、それ以降、深雪とはずっと良い関係を保っている。

深雪は綺麗で、男ばかりの職場では野に咲く一輪の花のように存在感を示していた。入社してすぐは、告白されたという話を何度も聞かされた。それも彼女自身の口から。

性格も知らないで、見た目で判断する男は嫌いと深雪は常日頃から言っている。

彼女は、少し口が悪いところもあり、「私を舐めまわすように見る男は全員死ねばいい」と過激な発言を口走るときもある。

しかし、表面上は誰にでも丁寧で優しく接するため、彼女の内面を知る人は少ない。

同僚から「あんな美人の後輩がいていいよな」と羨ましがられることが時々ある。深雪の我の強い性格を知ってしまうと、その言葉を素直に喜んでいいのか迷う。

しかしそれでも、俺も少なからず深雪のことを想っている。だが、恋愛対象として捉えた瞬間、この関係が崩れると思うと一歩踏み込めずにいた。

青春時代を漫画やゲームに費やしたと言っても過言ではない俺だ。

これまでの女性経験の少なさが、自信を喪失させている。

「飲むのはいいですけど……ほどほどにしてくださいね」

深雪は気遣うように視線を送ってきた。表面上は優しく接するものの実は猫をかぶっている。しかし、心の奥底には、本当の優しさが眠っている。

なんとも捻《ひね》くれた性格の女性だ。

ロールキャベツの肉の中に、さらに野菜が入っているようなものだ。

「俺、そんなに飲んでた？」

「べろんべろんに酔っ払ってましたよ」

彼女はジト目を向けてくる。

「それと……日曜日のことですが」

「日曜日……？　なんのことだ？」

俺は記憶を探り思い出そうとする。だが、ダメだ。全く思い出せない。

酒が弱いくせに調子に乗って飲んだせいで、色々と忘れてしまったらしい。プロジェクトの1つが無事終了し解放感があったのもあるけど、今度からは自制しないとな。

「それはさすがにないです。先輩」

深雪は冷めた目で見てきた。もはや蔑《さげす》みすら感じる瞳。これは少し……いやかなり、やばいらしい。俺の直感が最大限に警戒を鳴らす。

深雪がこういう目をするときは、本当に何かやらかしたときだ。まさにゴミを見るような目だ。

やめて……そんな目で俺を見ないで。

俺って、一応君の先輩だよね？　なんて言えるはずもなく……言葉を探す。

「えっと、それで……どうしたんだっけ？」

ゴホン、とわざとらしく咳をする。

「ほんとに覚えてないんですか……？」

俺は低くうなり「うーん」と考える。

首をかしげていると、深雪は「はあぁ」と深いため息をついた。

「もう……知りません」

彼女のひどく冷たい言い方から、やらかしたと思い焦りを覚えた。

何かあったたっけ？　頭を捻らすが、記憶に靄がかかったかのように思い出せない。

そうしていると、深雪は俺の前から立ち去ろうとする。

「頼む！　教えてくれ！」

俺は両手を合わせて懇願した。

すると、深雪は一度頭を押さえた後、

「……デートのことですよ」

そんな約束してたの？　と声を漏らしかけるが、必死で抑えた。さすがに今それを言ったら火に油を注ぎ込むようなものだ。

全く記憶にないが……俺はデートするらしい。

「先輩から誘ってきたじゃないですか……もしかして、本当に忘れたんですか？」

忘れてた……と正直に言うことはしない。

彼女がいたことがない俺からすると、願ってもない好機《チャンス》だ。

それをみすみす棒に振る愚行は犯さない。記憶が欠落しているが……なんにしろ、グッジョブ過去の俺……と自分を褒め称える。

「あ、そうだよな！　うん！　覚えてるぞ！」

俺はぶんぶん、と首を縦に振って答えた。

「日曜日……楽しみにしてますね」

そう言って深雪はその場を離れていった。

うおおおお、なんかよくわからんけど……やったぜ！

俺は小さくガッツポーズを作って喜びを示した。


仕事が終わり、家に着く。

「ただいま」

返事は返ってこない。一人暮らしだから当然だ。

帰り道にあるスーパーで買ってきた惣菜《そうざい》をパックから取り出し、小皿に入れる。そして、レンジで温めた。程よく温かくなった惣菜。それが乗った皿をテーブルの上に置き、さらに冷蔵庫から買い置きしているビールを取り出す。

ぷしゅっ、といい音を立てて缶ビールを開ける。そして、ゴクリと喉を鳴らしながらビールを飲む。キンキンに冷えたビールの喉越しは最高だ。

「うめぇ」

今日は金曜日。サラリーマンとして最も嬉しい時間が、この瞬間だ。

スマホの画面には『9月11日金曜日』と表示されている。

ホーム画面には、とあるアニメの金髪碧眼キャラが甲冑に身を包み、凜々しく剣を携えている姿が映っている。

俺は金髪碧眼のキャラが好きだ。

金髪碧眼に、ひっかかりを覚えた。何かとても重要な記憶が抜け落ちている気がする。うーん、と頭を捻っていても思い出せない。

そんなとき——ピコン、とスマホの通知音が鳴った……メッセンジャーアプリの通知音だ。

『日曜日、10時に時計台の前に集合ですよ！』

念を押すように深雪から連絡が来た。

時計台といえばあそこしかない、と指定された場所を思い浮かべる。

『了解』

俺は短く返信を打つ。メッセンジャーアプリも仕事のメールも短く簡潔にが俺のモットーだ。

スマホをテーブルの上に置き、惣菜を食べながら考える。

さて、日曜日の予定も決まったところで……明日は何しようか？

独身の一人暮らしだ。特にやることはないし、いつも通りゲームでもやろう。

ファイナルストーリー……通称FSの新作がやりかけだったのを思い出す。ようやく序盤の召喚《しょうかん》獣《じゅう》であるイフリートを手に入れたところだ。

イフリートは攻撃力が高く、序盤から中盤にかけては頻繁に使用される。しかし、物語が進むにつれて出番がなくなってくる可哀そうな召喚獣だ。

でも、俺はこの炎の魔神が気に入っている。どの作品にも出ているため親しみが湧くことと、単純にビジュアルがカッコいいことが主な理由だ。

土曜日はゲームだな……と、そう決めたときだ。

ぶー、ぶー、ぶー、ぶー、と机上に置いてあったスマホが振動する。

画面に表示されているのは、【母親】の2文字。

俺はスマホを手に取って緑色の受話器ボタンをタップする。そして、スマホを耳に持っていき口を開いた。

「もしもし、母さん？」

「裕太《ゆうた》……元気にしている？」

スマホから聞こえてくるのは、懐かしい母の声。

一瞬、自分の名前なのに反応に遅れた。佐々木《ささき》祐太……それが俺の名前だ。

「元気だよ」

「ちゃんと食べてる？」

「食べてるって」

俺は鬱陶しく思いながら言葉を返す。

「たまには顔出しなさいよ」

え……あ、うん、と母さんの言葉に頷く。

なぜだかわからないが、母親の存在が無性に恋しく思えた。だからだろうか、明日帰るよと母さんに告げた。

「明日？　随分と急ね……。何かあったの？」

母さんが心配そうなに尋ねてくる。

別に心配されるようなことはない。むしろ日曜日にデートがあり、気分がいいはずだ。

それなのに、胸がざわつく。俺はそれを振り払うように首を振った。

「いや、何もないよ……。久しぶりに、実家に帰るのもいいかなって思っただけ」

「そう……。じゃあ、気をつけて来なさい」

その後、しばらく話し電話を切る。

仕事はどう？　彼女はいるの？　といったいつも通りの会話だった。

あんたは奥手なんだから、いい人見つけたら絶対に離しちゃダメよ……なんて言ってくるお節介《せっかい》な母親。

もう社会人なんだから、放っといてくれよと俺は思った。

でも……そろそろ、いい人見つけて両親に報告したいなと考えた。結婚願望はある。仲の良い両親を見て、結婚はいいなって幼いながらも感じてきた。

両親には結婚式に出てもらって……ってそんなこと考える前に、彼女を見つけろよって話だ。

でも……俺の両親は涙もろいから、結婚式には泣いて喜ぶだろうな。

「あれ……？」

すぅーと一粒の滴が頬を伝った……。

どうして俺は泣いているんだろう？

何か……大事なことを忘れている。心の中にぽっかりと開いた穴があるようだ。

翌日の土曜日、俺は昼前に家を出た。

午前中に色々と準備していたら、なんだかんだ出る時間が遅くなった。

実家に向かって車を走らせ、家に着いたのは13時頃だった。実家は二階建ての築20年、木造の一軒家だ。

所々剥がれたり色あせたりしており、古さとともに懐かしさを感じる。

がらがらと玄関の扉を開けると、木の匂いがした。

「ただいま」

「あら、おかえりなさい」

母さんが玄関で出迎えてくれた。

「……母さん……久しぶり」

「どうしたのよ。そんな顔して？」

俺は知らないうちに郷愁《きょうしゅう》を感じ、湿っぽい雰囲気を出していた。

「いや……なんでもない。母さんも老けたなって」

昔と違ってシワが増えた母親の顔を見ると、時が経ったなと感じる。

「馬鹿なこと言ってないで……。それより、昼ごはんは食べた？」

「食べたよ」。

「それなら、お父さんに挨拶してきなさい」

俺は母の言葉に頷く。

玄関を上がりスリッパに履き替えた。家の中は歩くたびにギィギィと床が軋《きし》む音がする。

二階に上がったすぐ左の部屋。いつも父さんがいる場所だ。俺はコンコンとノックすると、中から「入っていいぞ」と声が聞こえてきた。

「父さん、ただいま」

扉を開けると、父さんが椅子に座って本を読んでいた。久しぶりに見る父さんは白髪が生えてきており、母さんと同様に歳を感じる。

父さんはもうすぐ還暦《かんれき》だ……。何かお祝いでもしてあげるか。

じっ、と父さんを見ていると、父さんが本を閉じて視線を向けてきた。

「裕太か……久しぶりだな。元気にしてたか？」

「元気だよ。父さんも……相変わらず元気そうでよかった。そう言えば、ぎっくり腰は治った？」

1ヵ月ほど前、父さんがぎっくり腰で入院していた。

「裕太が俺の心配か。これは、雪でも降るな」

「俺だって心配くらいするよ。……父さんももう歳なんだから、無理すんなよ」

ははは、と快活《かいかつ》に笑って父さんは頷いた。

笑うと目尻にしわができるのは昔からだ。そんな父さんの優しい顔が好きだった。

「今から空いてる？」

「どうした……突然？」

眉を上げて父さんが尋ねてきた。

「ちょっと散歩でもしない？」

「そうだな。……今日は全く動いてないから、散歩するのもありだな」

父さんはそう言って立ち上がると、行くかと言った。

家を出てしばらく父さんと並んで歩く。懐かしい光景が広がっていた。

田舎特有の、ゆっくりと時間が流れているような穏やかな雰囲気。今は稲《いね》の収穫《しゅうかく》時期だ。黄金色《こがねいろ》に輝く稲が風に揺れる。道端では、老人が楽しそうにおしゃべりしている。

それを横目で見ながら通り過ぎる。たまに父さんの知り合いがいて一緒に会釈《えしゃく》をする。

「昔から、何かあるとこうやって2人で歩いたな」

父さんは前を見ながら言った。

俺がそうだっけ？　と首を捻ると、父さんは確か……と顎に手を置いた。

「前回は、裕太が高校受験に落ちたときだ」

そんなこともあったような……、と俺は思い返す。

「よく覚えてるね」

「お前、相当落ち込んでたからなぁ。連れ出すの大変だったんだぞ」

「仕方ないじゃん。本番に弱いのは……父さん譲《ゆず》りだよ」

父さんは、はっはっはと笑う。

「裕太は俺に似て緊張に弱いからな。でも、ここ一番では力を発揮する」

「そう……か？」

「ああ、俺もそうだったから、よくわかる。それで……今日はどうしたんだ？　急に帰ってきて散歩になんか誘って……」

「なに？　嫌だったの？」

「嫌じゃないが……お前、少し変わったか？」

俺は変わったのか？　自分ではいつも通りだと思っている。

「たまにはこういうのもいいだろ？　親子水入らずって感じでさ」

そうこう話しているうちに神社にたどり着いた。年末には毎年、この神社で年越しのカウントダウンを行っている。

夏と秋に小さな祭りが行われ、子供の頃はそれを何よりも楽しみにしていた。

祭りの終わり帰りたくないと泣いて、父さんを困らせたことがあった。

鳥居《とりい》を潜って境内《けいだい》に入る。

木々に囲まれたこの場所は秋だというのに、まだまだ蝉《せみ》の鳴き声が聞こえてくる。

「もしも……もしもの話だけど、俺が先に死んだら……父さんはどう思う？」

参道を歩きながら、突拍子もないことを父さんに質問する。

父さんはしばらく黙った後、聞き返してきた。

「それを……俺に答えさせるか？」

「ごめん。忘れて。なんとなく……聞いてみただけ」

なぜ、聞いたのかわからないが、どうしても聞きたくなった。しかし、よく考えてみると親に聞くべき内容じゃない。

「なんとなくで聞くな……。親よりも先に死なないでくれ。俺が言えるのはそれだけだ」

父さんの言葉がなぜだか胸に刺さる。

秋風が頬を触れ、やるせない気持ちになった。

拝殿《はいでん》の前に着くと財布から五円玉を取り出して、賽銭箱《さいせんばこ》に入れる。

そして、二礼二拍手一礼《にれいにはくしゅいちれい》。

俺は手を合わせて、神様にお祈りをする。

そうして目を開けると、父さんが目を閉じてお祈りをしていた。

父さんのお祈りはいつも長い。

あまりに長すぎて、後ろの人が時折迷惑そうな顔をする。

それだけ、大事な願いがあるってことだろう。ちなみに、俺の願いは「父さんと母さんがこれからも健康に暮らしていけますように」だ。

それが、親不孝者の俺ができる精一杯の祈りだと思った。


神社から帰った後、体がベタついていたためシャワーを浴びた。

そしてテレビを見ながら、ゆっくりしていると夕食の時間になる。

家族3人で囲む食卓。最近はずっと1人で食べていたから、親との食事が随分と昔のことのように感じる。

里芋《さといも》の煮物に、漬物とたまご焼き。

それに、ご飯と味噌汁《みそしる》だ。俺は好物の里芋の煮物を口に入れる。

ねっとりとした食感に、だし汁がしっかり染み込んだ里芋だ。

「美味い……！」

「裕太は昔から煮っころがしが好きだからねぇ」

「ずっとコンビニ弁当だと、たまに帰ってきたときの母さんの料理が美味しく感じる」

「一人暮らしだから仕方ないでしょうけど……そろそろいい人見つけて、ご飯作ってもらいなさい」

「またそういう話？」

俺は顔を顰《ひそ》める。結婚はしたいけど、急かされると煩わしさを感じる。

「あら、そう？　どっちにしろ早く孫が見たいわ。ね、父さん？」

父さんは、そうだなと里芋の煮物を箸で持ちながら同意した。

「子供って……。まだ、彼女もいないんだし。ていうか、できたことないし」

「その歳になって、まだ彼女ができたことがないのか？」

「やめてくれ父さん。その言葉、結構傷つくから……」

年齢イコール彼女なし。10代前半なら笑い話にもできるが……もう20代後半だ。

俺だって彼女が欲しいと思ってるいが、どうにも恋人の関係まで持ち込めない。

二次元に嫁がいると考えるほど重症じゃない。変な趣味があるとかでもない。

欲しいと思ったけど、彼女ができなかっただけで……。それが一番悲しい気がする。

「まあ、でも……俺だって……」

ぱっと頭に浮かぶのは……金髪碧眼の少女。……って、いやいや、誰？

一瞬、金髪碧眼の天使のような美少女が頭に浮かんできたが、俺は知らない子だ。ていうか、恋の対象として見るにはまだ幼すぎる。

じゃなくて、深雪だ。

今度、デートの約束をしているし、これは人生初の彼女!?　と期待もしたくなる。

「もしかして、いい人でもいるの？」

「いや……いないよ」

母さんは変なところで鋭いからな。まだ付き合ってもいないのに、親に報告とかできんわ。

「そう……。裕太はお父さんに似て奥手だから、しっかりと自分の気持ちを相手に伝えなさいよ。お父さんも、中々告白してこなかったんだから」

「ははは……。『私のこと好きなの？　どうなの？』って問い詰められたのを思い出すね……。その流れで好きと言ってしまい……いまでもちょっと夢に出てくる……」

父さんが遠い目をした。

「あなたが、はっきりしないからよ。『好きなら、なんか言うことあるでしょ！』って聞いて、ようやく告白したのよ」

「それって、告白させてんじゃ……。ていうか、親の馴《な》れ初《そ》めとか聞きたくないわ！」

「そんなこと言うなよ。お前が生まれてきたのも、俺たち2人の愛があってのものなんだから」

父さんが親から絶対聞きたくないことを言ってきた。ぞわっと鳥肌が立つ。

「子供の前でそういう話はしない！　見てよこの腕の鳥肌……うわっ、気持ち悪っ」

「そうよ、あなた。裕太には……まだ早いわ」

「そうだな。お前はまだどうて――」

「ストオオオップ！　それ以上言わないで！　そのワードを親に言われるのって、結構しんどいから！　心抉られるから！」

俺は両手をばたつかせて、父さんの話を遮る。

童貞《どうてい》ってのは禁句《きんく》だからな。いや、ほんと、まじで言わないでくれ。

「だけど、お前……彼女の1人や2人ぐらい、とっとと作らんのか？　父さんが言えることじゃしゃないが、好きな人がいるなら告白した方がいいぞ」

「……告白って……そんな簡単にできんよ」

告白できる勇気があれば、この歳まで彼女いない、なんて由々《ゆゆ》しき事態には陥らない。

「そうよ。うじうじしてないで、好きな人がいるなら好きって伝えなさい。一生伝えれなくなることもあるんだから」

「一生伝えれない……か。そんな今生《こんじょう》の別れみたいなこと……」

伝えれないこと？　今生の別れ……？

俺は大切なことを忘れてやしないか？　眉間を指で押さえながら思い出そうとする。

なんだ……？　何かがおかしい。俺は何を見落としている？

そもそも……なぜ俺はここにいるんだ……？

「深刻な顔してどうした？」

父さんが眉を下げて、俺の顔を覗き込んできた。

父さん……？　なんで、父さんがいるんだ……？

「裕太……？　大丈夫？」

続いて母さんが心配そうに尋ねてくる。

母さんも……どうしてここにいるんだ……？　2人共、もう一生会えないと思っていた。

一生会えないって、なんでだ？　だって……父さんも母さんもここにいるじゃないか。

さっきから、自分の思考がおかしい。

だって俺は……魔法がある異世界に転生して……。

俺は、ふと気づく。

そうだ、思い出した。

俺は。もう佐々木裕太ではない。俺はオーウェン・ペッパーだ。

それならここは……どこだ？　俺の記憶か？

「裕太……どうして泣いてるの？」

「え……あれ？　おかしいな……」

瞳から雫《しずく》が零れ落ち……服の袖で目を拭って涙を止める。だけど――、

「なんで……」

なんで、涙が止まらないんだよ……。

突然、泣き出した俺に両親はオロオロし始める。

この2人は誰だ？　なぜ、俺の前にいる？

いや、本当はわかっている。

ここは俺の記憶の中だ。じゃなきゃおかしいし、そうだと思えば辻褄《つじつま》が合う。何よりも俺の直感が、ここが記憶の一部だと示している。

本当の両親には二度と会えない……。

「父さん……母さん…………親不孝者でごめん」

もっとやれることはあった。

母さんからの電話を面倒だと思って、出ないこともあった。

父さんがぎっくり腰になったときも、帰ってこなかった。

「なんのことかわからんが……。お前は親不孝者じゃない」

「そうよ。裕太が私たちの子供で良かったわ」

違う……そうじゃない。

2人が思ってるほど……俺は良い子じゃない。親よりも先に死んでしまった。

両親を悲しませた。本当に……どうしようもなく最低な子供だ。

魔法が使えても、元の世界に戻ることはできない。

本当の両親と言葉を交わす機会は、もう二度と来ない。


食事を終えた俺は、逃げるように風呂場に来た。記憶とはいえ両親の前で泣くのは恥ずかしい。

シャワーを使って髪や体を洗う。

「ふうぅぅ……」

ざぶん、と浴槽《よくそう》に浸《つ》かり、天井についた水滴を眺める。

やっぱり風呂っていいよな。気持ちが落ち着く。

「本当に日本に帰ってきたようだ……」

自分の両手を、まじまじと見つめる。

本物の手……のように見える。ぺたぺたと顔を触るが、目も、鼻も、口も、しっかりついている。

ここにいるんじゃないかと、錯覚《さっかく》してしまう。

もうちょっとだけ、この幸せな空間にいたいと……そう思わされてしまう。

「そんなのは……ダメだ」

向こうには、俺を待っている人がいる。

こんなところにとどまっていては、ダメなのはわかっている。

ただ……どうやったら戻れるのかがわからない。

いっそ死んでしまえば、もとの世界に戻れるかもしれない。しかし記憶の中であっても、自分で自分の命を断つのことは絶対にしたくない。


風呂から出ると、父さんが1人でワインを飲んでいた。

「おっ……裕太。ちょうどいいところにいた。付き合ってくれ」

晩酌《ばんしゃく》の誘いだ。

ワインはそこまで好きではないが、誘いに乗る。

「わかった……。ちょっとだけな」

俺は棚からワイングラスを取り出し、父さんの向かい側に座る。

父さんがグラスに赤ワインを注いでくれた。

「乾杯」

ワインを口の中に流し込む。この渋い味があまり好きになれない。

ぶどうジュースの方が美味しいと思うのは、舌がまだ子供だからだろうか。

「父さんと飲むのは、いつぶりだっけ？」

「去年の正月ぶりじゃないか？　お盆《ぼん》はお前、顔出さなかったからな」

「うん……そう言えば、そうだったな」

お盆は、なんで帰らなかったんだっけ？

あ、そうだ……思い出した。ヨーロッパ旅行に行ってたんだ。

あのときは随分と遠いところに来てしまったと思ったが……今の方が断然遠いところにいる。

だって、異世界にいるんだから。

「なあ、父さん。俺がどこか遠いところへ行って、父さんや母さんと二度と会えないとしたら……どう思う？」

「なんだ？　昼間も変な質問してきたが……なんかあるのか？」

「いいから、答えて」

俺の真剣な表情に気づいたのか、父さんも同じく真剣な顔をつくる。

「今どき、スマホがあるだろ。連絡ならいつでも……ってことではないようだな……」

父さんが顎に手を置いて考え始める。

どちらかと言うと、俺は母さんよりも父さんに似ている。

将来、こんな顔になってたんだろうなと感慨を抱きながら、父さんからの返答を待つ。

「そこに大切な人はいるのか？」

「大切な人？」

「昔から言ってるだろ。お前がどこにいようが、どんな学校に行こうが、どんな会社に勤めようが知ったことじゃないが……。そんなことよりも大事なことがある。大切な人を守れるか、だ」

父さんは俺が受験で失敗したときも、就活の面接で落ちまくったときも、気にするなって笑ってくれた。

そんな学歴や会社名なんていう肩書《かたがき》よりも、人を思いやれる人間になれ、と。

「いる——俺には、たくさんいる」

俺を慕《した》ってくれている使用人たち。学園で仲良くなった友達。

魔法使いとしての道標になってくれた先生。

向こうで多くの人に出会った。

全員かけがえのない、俺の大切な人たちだ。

「それなら問題ない。どこにいてもお前は俺の息子だ————頑張ってこい」

「なんで父さんは……」

そんなに優しんだよ。

父さんの優しさに触れ、感傷的な気持ちにさせられた。

「どうした？」

「いや、なんでもない」

悲しい顔を見せないように、無理やり笑顔をつくる。

俺は残っていたワインを飲み干す。

「もう歳なんだから、あんまり飲みすぎんなよ」

そう忠告して席を立った。


その後、ドライヤーで髪を乾かしベッドに横たわる。そして、この記憶世界から抜け出す方法を考えた。

何か糸口はないか、と思考を巡らせる。

「あー、ダメだ。なんも思い浮かばん！」

俺はベッドでバタバタしながら叫んだ。

考えてもわからないため、起き上がって家の中をウロウロしてみることにした。

どっからどう見ても、ここは前世の俺の実家なんだよな。

この家の中に、記憶から抜け出す扉があったりは……しないよな。

家の中を歩き回っていると、リビングで母さんを発見した。

「何やってんの？」

「裕太の小さい頃のアルバムを見てるのよ」

俺は母さんのもとに行って、アルバムを覗き込む。

アルバムの中には幼い頃の俺が写っている。写真の端でつまらなさそうに佇んでいるのが俺だ。

昔から、クラスの中心にいるような性格ではなかった。

母さんは、ぺらぺらとアルバムを捲り、そして、とある写真のページで手を止めた。

「ねえ……この写真。覚えている？」

そう言って見せてくれたのは、高校生のときの俺だ。

顔がパンパンに腫《は》れた酷い顔をしている。このとき俺は喧嘩で負けたのだ。

「なんで、こんな写真が残ってんだよ」

俺の顔が面白いことになってる、そう笑いながら母さんが撮った写真だ。

「いい思い出じゃない？」

「苦々しい記憶だな……」

「裕太が喧嘩したときのこと、今でもしっかり覚えているわ」

母さんはそう言って懐かしそうに目を細めた。

「あのときは驚いたわ。普段大人しい裕太が喧嘩するなんて」

これは、学校でチャラチャラしたやつらを殴って……逆にボコボコに殴り返されたときのものだ。

別にイケてるのが羨ましいと思って、妬みで喧嘩したわけじゃない。

どうしても許せないことがあった。

許してはいけないことがあった。

「あいつら……ムカついた」

そっぽを向いた俺の頭を、母さんは優しくなでた。

「友達のためでしょ？」

俺は目を丸くし、母さんの顔を見た。

「え……なんでそれを……？」

「お母さんのネットワーク舐《な》めないで。お父さんは……いまだに、ただの喧嘩だと思ってるけどね」

母さんは目にしわを寄せ、お茶目《ちゃめ》に笑った。

そうか。知ってたんだと俺は呟く。

思い出すのは高校生のときの出来事だ。

親友《ともだち》の夢を壊された。

漫画家を目指していたオタク友達がいた。

周りからは無理だと言われるから、誰にも見せていない絵を……俺にだけは見せてくれた。

絵は上手かったが、漫画家としてやっていけるかは微妙な出来だ。

ストーリーだって高校生にしてはよく練られているものの、物語に没入するほどではなかった。

でも、友人は本気で漫画家を目指していた。

だけど、ある日。

友人の漫画がネットにアップされていた。

どこのクラスにもいる、人生楽しんでますって感じのリア充《じゅう》たちが、たまたま見つけた俺の友達の漫画をネットに載せた。

その結果……ネットでは酷評《こくひょう》を受けた。

インターネットの恐ろしさを知った。

誰とでも繋がれて、いつでも世界中に発信できる。その反面、常に不特定多数の人から見られ、評価を下される。

友人は、見ず知らずの人から容赦《ようしゃ》ない嘲笑《ちょうしょう》を浴びせられた。

『小学生の落書き以下』

『なんの捻りも面白みもない、ストーリー構成』

中には人格否定の誹謗中傷もあった。

1つ1つの言葉がまるでナイフのように、彼の心に突き刺さる。やる気をなくした俺の友達は、小さい頃からの夢だった漫画家を目指さなくなった。

リア充たちは面白半分で、ただのいたずらのつもりだったのかもしれない。

悪いのはネットで、罵声《ばせい》や心無い言葉を放った人たちなのかもしれない。

そもそも、そんな簡単に漫画家を諦める程度なら、最初から向いていなかったのかもしれない。

誰が悪で、誰を責《せ》めればいいのか答えはない。

それでも、俺はあいつらだけは許せなかった。

友人に最後の通告をしたのはあいつらだった。彼らは笑いながら「お前なんかには漫画家は無理だよ」と友人に告げた。

だから、俺は殴った。

すぐに殴り返された。それでも殴った。最終的には、顔がパンパンに腫れるまで殴られた。そして、停学処分が下された。

写真に写っているのは、そのときのものだ。

「子供だったな」

まだ世間を知らず、感情に身を任せる子供だった。

他の解決法があったのに、暴力に訴えることしか知らなかった。

「そうね……子供ね。でも、この子はちゃんと育ってるってそう感じたわ。他人のために怒れる人間を私は誇りに思う」

え……？　と俺は母の顔をじぃーと見つめた。

「そうなの？　めちゃめちゃ怒ってたじゃん」

「当たり前じゃない。停学になったのよ。校長先生や担任の先生にも頭を下げて回って……本当に大変だったわ」

「その……ごめん……。いつも母さんに迷惑をかけて……」

「あんたらの躾《しつけ》が悪いから、クソガキ共が調子に乗るのよって言ってあげたかったわ」

母さんはそう言って茶目っ気たっぷりに笑った。

「違うんだ……いや、それもそうなんだけど……そのことだけじゃなくて……」

俺は言いたいことが上手くまとまらず、もどかしい想いをする。俺は母さんに伝えなくちゃいけないことがある。

ぎゅっと手を握って、俯いた。

「裕太に何があったかは……聞かないわ。でも、裕太が謝ることは何一つないわ」

母さんの温かい手が、俺の頬に触れる。

ゆっくりと顔を上げると、優しい笑みを浮かべた母さんがいる。

「だって……俺は……何もしてやれなかった」

嗚咽《おえつ》まみれの声が漏れる。

「そんなこと言わないで……。裕太との思い出はお母さんの宝物よ……。やだわ。裕太が湿っぽい表情してるから、つい感傷的になっちゃったわ」

「湿っぽいって……いつも、こういう表情だよ」

俺は泣きながら笑う。凄くみっともない顔をしている気がする。

「そうね。お父さんに似て、頼りなさそうで……とても頼りになる表情よ」

それはそれで……どういう表情かわからない。

「あなたは私の大切な子供よ、いつでも、どこにいても、それは変わらないわ」

それは、父さんが俺にかけてくれた言葉と似ており、2人が夫婦なんだなと感じた。

母さんは、そっと俺を抱きしめた。

俺は母さんの腕の中で小さく泣いた。


翌日、玄関で両親に別れの挨拶をする。これが、最後の挨拶だ。

「じゃあ……行ってきます」

「元気でね」

母さんがそう言って軽く手を振った。

「母さんも元気で……」

俺は、手を振り返す。

「風邪《かぜ》……引くんじゃないぞ」

父さんは、腕を組みながら目尻を下げた。

「うん、わかったよ。父さんも……ぎっくり腰には気をつけて」

ながら、と玄関の扉を開けた。

これで、もう二度と両親には会えない。もう、戻ってこないつもりだ。

ずっとここに居たい、と考えてしまう。

甘えてしまいたくなる弱い自分がいる。

だから、両親と会うのはこれを最後にする。もう俺は佐々木裕太ではないのだから。

「裕太！」

玄関を出ようとしたとき、父さんが俺を呼び止めた。

「俺たちの子供に生まれてきてくれて――ありがとう」

俺は振り向くと、力強く頷く父さんがいた。

その隣で母さんが、優しく微笑んでいる。

これは俺の記憶だ。本当の両親の言葉じゃない。それはわかっている。

でも、大切な記憶だ。俺が佐々木裕太として生きていた証が今ここにある。この胸の中にあるのは、確かな佐々木裕太としての人生だ。

それは、平凡な人生だったのかもしれない。

人に誇れるようなものは、なかったのかもしれない。

でも、本気で生きた人生がここにあった。

「父さん、母さん……ありがとう」


――愛してくれて、ありがとう。


感謝を伝えることすらできずに、死んでしまった。

だから、これが記憶の中の出来事であっても、それでも俺は充実感を覚える。

自己満足であっても、俺は大きな一歩を踏む出せた気がした。


実家を出発した俺は車を使って、深雪との待ち合わせ場所まで向かう。

今から、佐々木裕太としての生を終わらせに行く。

昨日考えて、1つの推測を立てた。

俺は9月中に死ぬだろう。

もっと言えば、9月13日の日曜日の今日が――俺が死んだ日だと考えている。

なぜなら、俺は深雪とデートした記憶がないからだ。

その代わり、デートに誘ったときの記憶を思い出すことができた。

飲み会の場で、酔った勢いに任せてデートの約束を取り付けた。

酒の勢いを借りるとはヘタレなやつだと思われるかもしれないが、俺にしては頑張った方だ。

そこは大目に見てほしい。

俺は後輩の深雪が好きだった。そしてデートに誘った結果、承諾して貰えた。

そこまでは思い出すことができた。

だが、その後の……深雪とデートした記憶が全くない。

人生初の彼女ができるかもしれないほどのイベントを、忘れるはずがない。そう考えると……俺はデートをする前に、なんらかの理由で死んだことになる。

今から、俺は佐々木裕太としての人生に終止符を打ちにいく。

車を走らせ1時間半――目的地に到着した。深雪との待ち合わせ場所は時計台の下。

すぐ隣には一車線《いっしゃせん》の県道があり、車が走っている
深雪よりも先に着き、時計台の下で待つこと10分。

時刻を確認すると9時50分になっていた。時計の針が進むにつれて、心臓がばくばくと激しく鼓

動する。

深雪が、もうすぐ来る。

死が、もうすぐ来る。

自分の死を体験することに対する恐怖が、押し寄せてくる。

ここの光景……何か思い出せそうだ。そう考えているとき、赤信号で待っている深雪を発見した。

俺を見つけた深雪は、車道を挟んだ向こう側から小さく手を振ってきた。

俺は笑顔で手を振り返す。

深雪は白いワンピース姿。遠くから見ても可愛いなと思える。

――純白のワンピースが真っ赤な血に染まる。

「なんだ……？」

今一瞬、頭の中に不気味な光景が浮かんだ。眉間を指で押さえ記憶を探ろうとする。

信号が赤から青になった瞬間、深雪が動き出す。

嫌な予感がしたそのとき、唐突に自分の最期を思い出した。

今から車が突っ込んでくる。俺は顔を左右に振り状況を確認する。一台の車が猛スピードで突っ込んできていた。

車は赤信号のはずなのに、止まる気配がない。

その瞬間、体が勝手に動いていた。

深雪はキョトンとしており、状況が把握できていないようだ。

「危ない！」

俺は深雪のもとへと駆け――彼女を道路の脇へ突き飛ばした。直後――どんっと、低い唸《うな》りが聞こえ体に衝撃が走る。一瞬の浮遊感を感じた。次の瞬間、俺は地面に背中から叩きつけられた。

「が……はっ……」

吐血し、頭からはおびただしい量の血が流れ出ていた。

なるほど、俺はこうやって死んだんだな。

自分の死を理解しながらも、驚くほど冷静に考えていた。

「……さき……先輩……？」

血で滲む視界の先では、呆然と俺を見る深雪がいる。

安心させるように「大丈夫だ」と伝えようとするが、声が出ない。

深雪が俺の手を掴む。彼女の瞳からこぼれ落ちる涙が、俺の頬を濡らす。

「せ……い……わ…………」

意識が遠のき、深雪の言葉が上手く聞き取れない。彼女が泣き喚くが全く音が入ってこない。

死が足音を立てて近づいてくる。

視界が徐々に黒に塗りつぶされていく。そんな中、俺は不思議なことに深い安堵を覚えていた。

俺は誰かを守って死ねたようだ。

佐々木裕太としての人生に、意味があったんだ。

俺は瞳を閉じ、安らかな表情で死を受け入れた。

目を開けると、現実世界に戻っていた……というオチではなかった。

たくさんの扉が整然と並べられた、黒い空間にいた。

扉の色形は統一されておらず、人の大きさほどの扉もあれば顔ぐらいの大きさしかない扉もある。

また、扉には装飾も付けられており、何一つとして同じ扉はなかった。

窓や風景はなく、どこまで行っても扉があるだけの不思議な場所だった。

ここは、まるで回廊《かいろう》のようだ。

どうやったら戻れるんだ？

考えても答えが出ない。とりあえず近くにある空色の扉を開いてみた。

扉は小さく、首を折って潜る。

ふわっと風が吹き、景色が入れ替わった。

カザリーナ先生と魔法の練習をしていたときの風景が、目の前に広がっていた。

そこには幼い俺がおり、俺は過去の自分を隣で見ている。

その構図のもと、しばらく幼い俺とカザリーナ先生の会話を聞いていた。

もちろん、2人には俺の姿は見えていない。

試しに声を出してみたが、全く反応がない。そうして2人の話を聞いていると、急に後ろに引っ張られた。

見えない力でぐいぐいと引きこまれ、次の瞬間、またもや黒い空間に戻っていた。

「今のは俺の記憶だ。記憶の追体験とでもいうのか？」

それを確かめるために、他の扉に入ってみた。そこも俺の知っている記憶だった。

佐々木裕太としての記憶もあれば、オーウェン・ペッパーとしての記憶もある。

それらが、ごちゃまぜになっていた。

いくつかの記憶を追体験することで、扉の法則性を発見した。

まず色についてだ。これは、俺のそのときの感情を示している。例えば、恋愛関係なら桃色、楽しい記憶なら緑色といった感じだ。

次に扉の大きさ。

これは体験したときの、感情の揺れ幅が関係している。より印象に残っている記憶の方が大きな扉になっている。

これらの扉の中に、現実世界に戻るヒントがあるはずだ。しかし、扉の数は膨大である。

キリがないな……と呟く。

全てを見て回るのは、俺のこれまでの人生をもう一度体験するようなもの。

それはかなり面倒であり、現実的ではない。

「やはり、あの扉に入るしかないのか……？」

そう言いながら、俺は漆黒の禍々しい雰囲気を放つ扉に視線を向けた。

その扉だけ異彩を放ち、強く存在を主張している。

装飾は何もなく、他のどの扉よりも大きい。

ここに手掛かりがある気がしてならない。

「……行くしかないな」

俺は覚悟を決めて、漆黒の扉を開けた。

「領民とは家畜《かちく》だ」

俺の目の前には、父であるブラック・ペッパーがいた。

ブラックは相変わらずでっぷりした腹を揺らしている。現在よりも多少若く見える。ここはブラックの執務室のようで、俺はブラックと対峙《たいじ》していた。

「はい。父上。だからこそ、俺たちのような選ばれた人間が導いてやらなければならない……そういうことですね？」

俺の口から、俺の考えとは全く異なる言葉が紡がれた。

「その通りだ。さすがは我が息子。家畜に家畜としての義務を全うさせることこそが、我らの務めなのだよ。これを肝に銘《めい》じておくと良い」

俺とブラックの2人の会話は、俺の意思に反して進んでいく。止めようにも止まらない。

ここは、俺の記憶に全くない場面だ。つまり、俺が記憶を取り戻す前の、過去の俺の記憶だ。

「はい。わかりました」

俺は一礼し、頭を下げる。

それを見たブラックは満足げに頷く。

その直後、突然、視界が暗転した。場面が切り替わり、今度は俺の部屋だ。

「ふんっ、無能め！」

「も、申し訳ございません」

初めてみる使用人が頭を地面に擦《す》り付けながら、許しを乞うていた。俺は使用人を見下ろすように立っていた。

蔑んだ瞳で使用人を睨みつける。

俺は、ぐりぐり、と使用人の頭を踏みつける。やめろ、と声を出そうとするが、口から放たれるのは罵倒だった。

「俺は高級なベッドを用意しろと伝えたはずだ！　それなのに、なんだ！　このみすぼらしいベッドは！　俺を馬小屋にでも泊めさせるつもりか？」

オーウェンが指差した先のベッドは意匠《いしょう》の凝られた一品であり、パッと見ても高級品だとわかる。

ただ、豪華というよりも、シンプルで精巧な作りのものだ。

それがオーウェンの要求に合わず、気に食わないのだろう。

「そ……そんな滅相《めっそう》もございません。こちらのベッドは一流の職人が手掛けたものでして……」

「黙れ！　そんな言い訳はいい！　家畜の分際で生意気だぞ！」

オーウェンは、使用人に唾を吐きかけた。

そして、使用人の髪を無造作に掴んだ。

俺は自分の動きを止めようとするが、体の制御は完全に過去の俺のものだった。

しかし、この状態を静観できるほど、俺は他人に対して無関心を貫けない。

おいやめろ、と心の中で叫ぶが無駄だった。

俺にできることは何もないのか、と虚しさを覚えた。

オーウェンが使用人の髪を引っ張り、無理やりに顔を上げさせる。

「お前ら平民はな、俺のために生きてるんだよ。役に立たない無能なら生きてる価値がない。死んでしまえ。そうだ、なんなら俺が自ら殺してやろう。俺に殺されるならお前の人生にも意味があったというものだな！」

はっはっはと高笑いするオーウェン。

「おい、セバス。ナイフを持ってこい。そうだな……錆《さ》びたナイフがいい。その方が苦しんで死ねるからな」

オーウェンがそう言った瞬間、使用人の身体が恐怖で揺れ動いた。

「どうか……どうか、お許しください。私には養うべき家族がおります……。どうか、どうか……命だけは……」

泣いて嘆願する使用人。それを見たオーウェンは上機嫌に笑った。

「坊ちゃま。もうそれくらいで、よろしいのでは？」

セバスがオーウェンを止めに入った。

「使用人の分際で、俺に意見するのはやめろ。それよりもナイフを持ってこい」

「私は先代から、この家の守るように言いつけられております。そして、坊ちゃまを正しい方向に導くことが私の務めだと考えております」

セバスはきっぱりとオーウェンに向かって意見を述べる。

俺は彼の姿勢に胸が熱くなった。セバスがいたからこそ、オーウェンは一線を越えずに済んだ。

「うるさい！　だまれ！　お前のような使用人は嫌いだ！」

オーウェンは子供のようにセバスに当たり散らかす。いや、オーウェンはまだ子供だ。ただ彼の癇癪《かんしゃく》は子供と言って侮っていいものではなく、調度品を壊して暴れ回った。セバスがオーウェンを止めようと触れた瞬間、またもや視界が切り替わる。

家庭教師らしき人物とオーウェンが一対一で講義を受けている場面だ。オーウェンは、椅子にふんぞり返って座っている。そして、白髪の年配男性が立ち、講義をしている。

「ですから、ここは……」

「うるさい！　俺が間違っているだと!?　下民の分際で頭が高いぞ！」

オーウェンは、噛み付くように教師に言い放った。

「……そうですか。わかりました。では、私はあなたに教えることは何もありません」

教師はオーウェンに哀れみの目を向けた後、この場を去ろうとする。

「ふんっ！　お前のようなやつ、こっちから願い下げだ！」

「では、失礼いたします」

年配の男性は頭を下げた後、部屋を出ていった。

その瞬間、突然オーウェンのどす黒い感情が俺に流れ込んできた。

オーウェンは自分の思い通りにいかないこと、その全てに苛立《いらだ》ちを感じている。

平民が、下等な貴族が自分に指図するのが許せない。そんなやつらなら、いないほうがマシだ。

オーウェンは怒りと憎悪を抱き、心を激しく燃やす。

それは、気に入らないことや思い通りにならないことに対する、不平不満を発散させたいだけの幼稚《ようち》な激情だ。

しかし、思いの外、憎悪は深く、世の中への激しい憤りが伝わってくる。

貴族であり魔法の才もある。これほど恵まれた立場にいながら、常に怒りがオーウェンの心を支配していた。

再び視界が揺れ——そして、場面が切り替わる。次の瞬間、記憶の奔流《ほんりゅう》が俺を埋め尽くした。膨大に流れるオーウェンの記憶。それらが、渦となって俺を飲み込もうと押し寄せてきた。脳内に一斉に記憶が流れ込み溺れそうになる。映画のフィルムを早送りしているように、オーウェンの記憶が再生されていく。

彼の当時の感情も一緒についてくる。

突如、流れ込んできた膨大な情報量に頭痛を覚える。さらに、オーウェンの感情がまるで俺自身の感情であるがごとく、次第に怒りが増していく。

ああ、腹立たしい、腹立たしい、腹立たしい！

憎い。忌々しい。壊したい。俺を認めないものは、全て、悉《ことごと》く、壊したい。

「俺は、俺だっ！」

オーウェンの記憶は、俺から人格すらも乗っ取ろうとしてくる。

これは、俺とオーウェンの戦いだ。

必死の抵抗の末、自我を保つことに成功する。しかし突如、視界が暗転した。

広い青空の下に放り出された。俺は仰向けで倒れている。

そこは見覚えのある風景——四大祭会場の真ん中。

戻ってきたのか……？

と思ったとき、

「——————がああああああああああああああああ！！！」

突然、俺が叫んだ……。違う、これは俺の意思じゃない。だとすると、俺の身体を操っているのは、オーウェンだ。

「ああうあぁぁぁああああああああぁぁぁぁ！」

オーウェンは倒れていた体を起こし、身体を仰け反らせ、空に向かって吠えた。獣のような咆哮が鳴り響く。

どういうことだ？

なぜ、オーウェンは、俺の身体を使っているんだ？

そもそも、俺の身体を使っているのは、本当にオーウェンなのか？

いや、この感情の爆発は、確かに過去の俺であるオーウェンだ。

オーウェンの意識が心の奥底に残っており、俺の身体の中で眠っていたということだろう。俺が状況を分析している間に、オーウェンが地を蹴って走り出しユリアンとの間合いを詰める。

「――影よ」

ユリアンが影を使ってオーウェンの腕を拘束する。

しかし、オーウェンはそれを物ともせずに、引きちぎろう暴れた。

「があぁっぁぁあああああああああ――！」

痛みを感じないのか、無理やりに影を引き剥がそうとする。だが、しかし、その程度で拘束が解けるほど、ユリアンの陰魔法は柔じゃない。

そして、影によって身体全体をぐるぐるに巻かれ拘束された。

「紫電の槍――穿て」

ユリアンが槍を出現させ、影にからめ捕られたオーウェンに向かって放った。

紫電の槍がオーウェンの肩を貫く——直後、槍が雷を発生させ、オーウェンの身体を感電させた。

オーウェンは咆哮を上げ抗《あらが》うが、あまりの電気量に意識を刈り取られた。それと同時に、俺の視界が真っ黒に染まった。脳が揺らされ、吐き気を覚えるほどの浮遊感を味わう。そして直後、真っ白な空間に飛ばされた。

まず目に入ったのは……オーウェンの顔をした黒い靄だ。手や足はなく、頭部だけがそこにある、とても奇妙で気味の悪い光景だ。

オーウェンの顔をした靄が宙に浮きながら、俺を睨んでいた。

「あぁうがあぁあっぁぁぁぁぁぁぁぁぁぁ！」

オーウェンの顔が突如、膨張し、俺の体全体を口で飲み込めるほどの大きさになった。そして、まっすぐ俺に襲いかかってくる。

俺は動き出そうとするが、手や足はいつの間にか黒い靄に拘束されていた。

がぶり、と俺はオーウェンに食べられた。何も見えない真っ暗闇が広がる。その刹那——ああ、ああ、あああああああ、とオーウェンの慟哭《どうこく》が聞こえてきた。耳を塞ぎたくなる悲鳴だ。

オーウェンの人生は、誰にも愛されず空虚なものであった。記憶の奔流に流されているときに感じた、あの感情は絶望に対する怒りと憎悪だ。

満たされない思いを抱き続けた、幼い頃のオーウェン。

そんなオーウェンの身体を、佐々木裕太という別人格が奪った。

オーウェンに残ったのは、行き場のない怒りだ。

オーウェンの憤りは荒波のように激しく、あらゆるものを飲み込み海へと誘《いざな》う。オーウェンはただ、怒っていた。

それを想うと、オーウェンは不憫《ふびん》な少年だ。

もう少し親の愛情があれば、違ったのかもしれない。彼を認め導いてくれる存在がいれば、良かったのかもしれない。

何かのきっかけでは救われたのかもしれない。でも、そんなことはなかったのだ。そんな未来は存在せず、彼の名を俺が奪った。

俺はオーウェンの人生に、同情なんかしない。彼よりも同情すべき存在は他にたくさんいる。

それに、オーウェンの人生も含めて、全てが俺なんだ。

俺はお前に許しを求めないし、許してくれなくてもいい。恨むなら好きなだけ恨めばいい。

傲慢《ごうまん》だと言ってお前は怒っているだろう。理不尽な現実に憤《いきどお》りを感じているだろう。

この身体は、もともとお前のものだからな。

だけど、それでも、お前にこの身体を渡すわけにはいかない。

この身体はもう俺のものだ。

俺はオーウェンに飲み込まれた黒い空間の中で、感情を爆発させる。身体を返せと叫ぶ。

オーウェンが対抗するように、俺を押しつぶそうとしてくる。

俺とオーウェンの戦いは、意識と意識のぶつかり合いだ。

俺はオーウェンの内側から、俺を返せ、と叫ぶ。憤りに対し憤りで返す。何があっても、この体は渡さない。自分の存在をかけて感情を爆発させた。その刹那、オーウェンの黒い靄が弾け——視界が開けた。

するとそこは、四大祭の会場。

目前にはユリアンがいる。

「が……はっ……」

俺は自分の身体を取り戻したことを、肩の激しい痛みをもって知った。

身体を奪い返した。

久しぶりに動かす、自分の身体だ。

懐かしいとか、嬉しいとか、そういう感情は後回しだ。

記憶の中で何日も過ごしたのに、こっちの世界では一瞬の出来事。

状況が目まぐるしく変化し、脳がオーバーヒートしそうになる。

しかし、ゆっくりと考えている時間はなさそうだ。圧倒的に不利な状況の中、打開策を考えないといけない。すぐさま、思考を戦闘モードに切り替える。

今、最も重要なのは、目の前のユリアンをどう倒すかだ。

身も心も、全部ボロボロである俺に対し、ユリアンは無傷だ。

今この瞬間も、俺の内側からオーウェンが身体の制御を奪い取ろうとしている。自我を保つだけで精一杯だ。

加えて、両手両足を影で縛りつけられている。

状況はまったく好転していないどころか、むしろ悪くなっている。

「なかなかに……しぶといね」

目を覚ました俺に対し、ユリアンが苦笑いする。

「まだまだ……これからですよ」

俺は強がって笑った。幸い口や顔までは影で拘束されていない。精々、強がりでも見せておこう。

「このままでは君を殺してしまいそうだ。……そう、脅したところで観念《かんねん》してくれないだろうけど」

「たかが槍が刺さっただけで……諦めませんよ」

先ほどの強烈な死の体験。それが記憶の中だと言っても、生々しく脳裏にこびりついている。それと比べればこの程度、余裕……と言いたいが、強がってばかりでは駄目だ。気持ちだけで勝てたら苦労しないのだから。

肩からダラダラと血が流れ、その痛みと出血量で意識が飛びそうになる。

「ははは。強がりもそこまで来れば大したものだ。それなら、どこまで頑張れるか試してみようか」

ユリアンは飄々として軽口を叩く。それは、彼の圧倒的に有利な現状から来る余裕だろう。

見てろよユリアン。お前の、その驕《おご》りを粉々に粉砕してやるよ。

俺は内側で吠えるオーウェンに話しかける。

『なあ、オーウェン。暴れたくて仕方ないんだよな？　なら、お前に最適な器を用意してやるよ。存分に暴れてやれ』

おしゃべりの時間は終わりだ。さあ、本番と行こうか。

「うちに秘めし激情を、解放するときが来た。業火《ごうか》に包まれし化身が、今、その姿を示す。顕現せよ――――イフリート！」

俺の眼前で、直径2メートルを超える巨大な黒球が出現する。それは赤く、メラメラと激しく燃え盛る。

あまりの熱量に、俺の額から汗が吹き出す。

直後、黒球が轟音とともに爆破し、俺に纏わりついていた影を燃やし尽くす。

俺は咄嗟に右手で顔を覆った。そして、指と指の隙間から覗き見る。

砂塵が舞う中、怒りの表情を浮かべる炎の化身、イフリートが佇んでいた。

「があぁぁぉっぁぁぁぁぁぁ！」

イフリートは身体をのけぞらせ、会場全体に響き渡るほどの声量で吠える。イフリートの出現により、会場の熱気が最高潮に達した。

「これが、最後の戦いだ。存分に楽しもう」

俺はユリアンに向かって、ニヤリと笑みを浮かべた。

◇◇◇

会場にいる誰もが、その光景に唖然《あぜん》としていた。

オーウェン対ユリアンの一戦。

ユリアンが勝つと、ほとんどの人が予想していた。

ユリアンに対し、オーウェンがどこまで食らいつけるか……それがこの試合の見どころであった。

それでも結局は、ユリアンが勝つだろうと思われていた。

実際、ユリアンが優勢で試合が進み、試合開始から数分後には、オーウェンがユリアンの前に倒れていた。

ここまでは皆の予想通り。

それほどまでに、ユリアンの実力は群を抜いて高かった。

オーウェンは、よく頑張った。

二度も倒されて、それでも立ち上がる姿に観客は感動し、このままユリアンが勝ってもオーウェンを褒め称える雰囲気が出来上がっていた。

そして、ユリアンが決勝戦に進出する。そんな彼らの予想を覆したのが、炎の化身イフリートだ。

オーウェンが精霊魔法で召喚した精霊だ。

精霊魔法は高度な技術を必要とする魔法であるが、それ自体に大きな驚きはない。

今までの四大祭でも、精霊魔法を使う者はいた。

彼らが驚いたのは、オーウェンが召喚した精霊が予想を遥かに超える強さと、そして禍々しい雰囲気を放っていたことだ。

ユリアン対オーウェン――――否《いな》、ユリアン対イフリートの戦いは、もはや学生のレベルを遥かに超えていた。

まして、これが中等部同士の戦いであると、誰が信じられるだろう。

会場の壁は瓦解《がかい》し、地面には所々に大きな穴が開いている。

観客らは、彼らの戦いを固唾《かたず》を飲んで見守っていた。

「があぁぁぁ――――!」

イフリートは、怒りを発散させるかのように咆哮を上げた。

「なんてものを召喚してくれたんだ……」

ユリアンはイフリートとの戦闘の最中、心中を吐露《とろ》する。

彼の服はあちこちが焼け焦げている。ユリアン自身も、イフリートから食らった火炎によって火傷を負わされていた。

幸い、致命傷となるほどのダメージは受けていない。

彼が苦戦している理由には、イフリートとの相性の悪さがある。

陰魔法は人間相手には威力を発揮するが、精霊相手には効きにくい。

精神破壊や認識阻害《にんしきそがい》、感覚強奪など、精神に直接影響を及ぼす陰魔法は、イフリートに効かないのだ。

影を使った拘束も、イフリートの怪力と火炎によってすぐに解かれてしまう。

そのため、ユリアンは雷魔法でイフリートと戦うしかなかった。

しかし、イフリートの持つ熱量は凄まじく、威力の低い雷魔法ではイフリートに届く前に消滅してしまう。

「……化け物だね」

ユリアンがそう言って、焦燥感を募らせる。

それは、イフリートに向かって吐いた言葉でもある。しかしその本質は、強力な精霊を召喚させたオーウェンに向けての賞賛である。

オーウェンの才能に対し、驚嘆せざるを得なかった。

「侮ってもいなければ、過評価もしていなかったんだけど……」

本体であるオーウェンを倒せば、この戦いは終わる。だが、それができるならとっくにオーウェンを倒している。

ユリアンは、イフリートとの戦いに手いっぱいなのだ。

「あああぁぁぁぁぁ――――――――!」

イフリートの猛追《もうつい》が、時間の経過とともに増していく。イフリートが口から火炎を吐き出した。

単調な攻撃だが、馬鹿にできない威力だ。

ユリアンは黒壁を作り出す。しかし、火力に耐えきれなかった黒壁がぼろぼろと崩れ落ちた。

そして、イフリートが猛烈なスピードでユリアンに迫りくる。

「漆黒の雷《いかづち》」

2つの異なる性質を組み合わせた複合魔法。雷と陰という、互いの性質が上手く絡み合い高出力の魔法となる。

「があぁぁ――――ッ!」

再び、イフリートが火炎を吐いた。

黒い雷と灼熱の炎がぶつかり合う。

その衝撃が大気を揺らし、轟音が響き渡る。激しく舞う砂ぼこりがユリアンの視界を遮った。

ユリアンは、すぐに次の魔法を放つ。

「漆黒の監獄」

どす黒い直方体の箱がユリアンの前に出現した。

そこに込められた魔力は、ユリアンの持つ魔力量の4分の1に匹敵する。

これは、ユリアンの必殺技だ。

「闇を纏いし鉄格子《てつごうし》よ、束縛せよ」

漆黒の箱の上蓋が、突然開いた。

イフリートは本能的に危険を感じ取ったのか、漆黒の箱から距離を取ろうとした。

しかし、箱からの見えない力で引き寄せられる。

イフリートは、必死に手足を動かして足掻くものの、箱からの力に抵抗できずに吸い込まれていく。

「があああぁぁぁっぁぁぁぁぁぁぁ」

明らかに、イフリートの巨体よりも小さい箱。

しかし、箱の中は底なし沼のように、まるまるとイフリートを飲み込んだ。

そして、漆黒の箱はパタンと蓋を閉じた。

イフリートがいなくなったことで、会場は静寂に包まれた。

「まさか……この技を使うことになるとはね」

ユリアンは目の前の箱を見ながら呟いた。

対象を箱の中に広がる異空間に閉じ込めるという、シンプルな魔法だ。

物理的なものでイフリートを閉じ込めても、イフリートの怪力によってすぐに破られてしまう。

だが異空間なら、そうそう破られることはないはずだ。

イフリートがどれだけ暴れようが、漆黒の牢獄から抜け出せない。

それこそ……異空間とこちらの空間とで強い繋がりでもない限り、イフリートが自力で脱出することはない――――。

そう思った瞬間、ユリアンは「しまった！」と声を上げた。

その直後——パキンッ——。

箱に亀裂《きれつ》が入った。その刹那、音を立てて箱が粉々に砕け散った。

その中から、イフリートが姿を現す。

なぜ、こんな簡単なことに気がつかなかったのか……。

イフリートは、オーウェンが召喚した精霊だ。

オーウェンと精霊の間には強い繋がりがあり、異空間とこちらを繋ぎ架け橋ができる。

イフリートの力さえあれば、小さな繋がりの糸を辿ってこちらに戻ってくることも可能だ。

ユリアンは、普段なら絶対にやらない失敗に顔を歪める。

「があぁぁぁぁぁぁ——！」

漆黒の箱から出現したイフリートが、ユリアンに向かって拳を振り上げた。

◇◇◇

俺はユリアンとイフリートの戦いを、外から見ていることしかできなかった。

致命傷を受け、尚且イフリートを出現させるのに大半の魔力を使ってしまった。そのため、戦いに参加する力がほとんど残っていない。

戦いの余波を受けないように立ち回っていた。

それにしても……と考える。

イフリートは、自分が出現させたとは思えないほどの強力な精霊だ。

今まで何度もイフリートを出現させようと試みた。だが、無理だった。

イフリートを召喚できない理由は、いくつか考えられた。

その中で最も大きな要因。それは『イフリートの意思』にあった。

精霊を作り出すことは、つまり、魔法に意思を持たせることである。

意思は使用者の人格の一部である。

イフリートとは怒りの化身だ。

俺が思い描くイフリート像と、俺自身の人格が全く一致していなかった。俺は怒りに身を任せることはしないし、憤りを感じてもすぐに冷めてしまう。

燃えるように消えない怒りの炎を、維持させることができないのだ。

そのせいでイフリートに意思を持たせることができず、精霊魔法が成功しなかった。

そんなとき、過去の俺――オーウェンと出会った。

イフリートという器にオーウェンを入れ、炎の化身として顕現させる。

その結果、俺の予想を遥かに超える精霊が誕生した。

イフリートとユリアンによる激しい戦いが、俺の目の前で繰り広げられている。

それを見ながら、俺は必死に意識を繋ぎ留めていた。

彼らがこの場で戦いを繰り広げていると同時に、俺も自分自身と戦っていた。

体中に走る痛みに耐える。

すぐにでも意識を手放し、楽になりたいという欲求が湧いてくる。その甘い欲望に耐えるのが俺の戦いだ。

漆黒の箱が出現し、直後、イフリートが飲み込まれる。

しかし、そんな箱でイフリートが閉じこめられるとは思っていない。

案の定、イフリートが閉じ込められた箱の中から飛び出してきた。

「があぁぁぁぁぁ――――！」

イフリートがユリアンに向かって拳を振るう。

その瞬間、ユリアンの意識が完全にイフリートに向いた。

イフリートとの激闘を続けていたユリアンだが、同時に俺への警戒を怠らなかった。今、この瞬間までは。

ユリアンの視線が俺から外れる。

「黒ッ――」

ユリアンが咄嗟にイフリートとの間に防壁を作ろうとした、その瞬間。

「火球――――！」

俺はユリアンに向けて魔法を放った。威力は低く、通常であればなんの意味もない火球だ。

しかし、それが俺の出せる全力であり、この場では大きな役割を果たした。

一瞬、ユリアンが俺の方を向く。

ユリアンの、ほんのわずかな隙が致命的となり、

「が……はっ……」

イフリートの炎の拳がユリアンに届いた。

刹那、吹き飛ばされるユリアン。

ドカッと響く轟音。壁にぶつけられたユリアンは、すぐさま立ち上がろうとする。

だが、イフリートがユリアンに追撃をかける。

先程の一撃が効いたのか、ユリアンの反応が一拍遅れたようだ。

イフリートがユリアンの頭を掴み取り、壁に叩きつけた。

どんっ、どんっ、どんっ、とイフリートは動きが止まったユリアンに対し執拗《しつよう》に攻撃を加える。

このままでは、ユリアンが危ない。

イフリートは俺の制御下にはない。

やつは、ただ怒りに身を任せて動いているだけなのだ。

もはや意識のないユリアンに対し、これ以上の攻撃は許されない。

「そこ……までだっ……！」

俺は声を振り絞り叫んだ。イフリートがピタッと攻撃をやめる。そして、緩慢《かんまん》な動作で首を回し、俺と視線を合わせてきた。ゾクリと背筋が冷たくなる。嗜虐《しぎゃく》的な笑みを浮かべたイフリートが俺を見て嗤った。その直後、イフリートが一瞬で俺との距離を縮めてきた。

そして、俺の顔を掴んで――――ドンっと後頭部を地面にぶつけてきた。

「……が……っ」

一瞬で意識を刈り取られそうになる。

こいつには、敵も味方も存在しない。全てが怒りの対象であり、積もり積もった感情を発散させることが存在意義なのだ。

そんな化け物を召喚させた俺には、イフリートを止める責任がある。

「もう……十分だろ」

イフリートの中にいるオーウェンに向かって言った。

イフリートは咆哮とともに、俺の顔を握る力を強めた。

「ごは……ぁ……」

顔が変形してしまうほどの、強い力で握りつぶされそうになる。

ああ、もう、楽になりたい。そんな諦念が俺の心を支配しようとする。でも、まだ、諦めない。

まだ、俺にはやれることがある。

俺はイフリートの腕を掴み、やめろ……と呟いた。

その瞬間、奇妙な感覚が俺の身体を駆け抜けた。まるで、イフリートの中にいるオーウェンと共鳴するような……そんな感覚だ。直後、オーウェンの感情が俺に流れ込んできた。

俺はこれを好機だと捉え、ぐっと腕を握る力を強めた。すると、さらに共鳴は強くなる。

俺とオーウェンが繋がっている。

イフリートの中から、オーウェンを引き摺《ず》り出してやる。

オーウェンを自分の中に引き寄せるように、「も……どれ……ッ！」と叫んだ。

すると、オーウェンの感情が激流のごとく一気に流れ込んできた。

俺は激情に押し流されないように意識を強く保つ。抗うのではなく、受け入れるのだ。自らの中にオーウェンを押し込める。

思いの外、オーウェンの抵抗は小さかった。さすがに暴れ回って疲れたようで、俺の中で静かに眠った。
そして、意思をなくしたイフリートが形を崩し消えていく。
俺は満身創痍《まんしんそうい》となった身体を起こす。
もう、立てるほどの余力が残っていない。
ユリアンを見ると、彼は地面に伏したまま動く様子はない。
「勝った……のか？」
正直、俺の方がユリアンよりもボロボロであり、勝った気がしない。
でも、この状況は間違いなく俺の勝ちだ。
ぐっと拳に力を入れて、無言のまま右手を空に向けて突き出した。
と、その直後、
「――――勝者、オーウェン・ペッパー！！！」
審判の勝利宣言が鳴り響き、割れんばかりの歓声が会場一帯を埋め尽くした。
こうして、俺はユリアンとの激戦を制した。

◇◇◇

試合の直後、俺はすぐに医務室に運ばれ治療を受けることになった。

ユリアンとの闘いでは勝利したものの、身体中の怪我が酷く、緊急を要するものだった。これではどちらが勝者なのかわからない。

長い戦いだった。

記憶の中を彷徨い過去の自分と対峙したから、余計に長く感じるだけかもしれない。

俺の中にいるオーウェンは静かに眠っている。

今後、どのタイミングで再び現れてくるかわからない。

本当に色々あった一戦だった。

「それでもまだ……決勝戦があるんだよな」

俺の試合の少し後に行われた、もう一つの準決勝。

勝者はベルクらしい。

明日の決勝戦の相手はベルクだ。

「はい、治療は完了です」

隣にいるファーレンが告げた。

ファーレンに回復魔法を施してもらったため、痛みは完全に消えている。

彼女に、ありがとうと感謝を述べた。

俺が負った怪我は今大会でも割と重症らしく、聖女であり回復魔法の使い手であるファーレンが駆けつけてくれた。

「どういたしまして。オーウェンさんは無理をしすぎです。もう少し自分の体を労《ねぎら》ってください」

「いや、無理をしたつもりはないんだけど」

「出血多量に魔力欠乏症。それに加え、精神攻撃も受けているのに……。これのどこが、無理をしたつもりはない、ですか？　正直、こんな状態でよく勝ちましたね」

ファーレンは、呆れを含ませた息を吐く。

言われてみれば酷い状況だ。敗者であっても、ここまでの傷は負わないだろう。

よくあそこまで頑張れたな、と素直に感心する。

「いいですか、オーウェンさん。回復魔法も完璧ではありません。治せるものと、治せないものがあるのです」

「知ってるよ……」

「知ってるなら、もう少し……」

彼女は、何か言いかけてから首を振った。

「いえ、説教しても仕方ないですね、それよりもオーウェンさん。決勝進出おめでとうございます」

ファーレンがにっこりと微笑む。

つられて俺も自然と表情を緩める。

「ありがとう。あと一戦、明日勝てば優勝だ」

厳しい戦いが続いた。

特に、今日のユリアン戦。もう一度やったら十中八九負けるだろう。

「頑張ってください」

「ベルクと俺、どっちを応援するか迷うよな？」

「どちらにも負けてほしくありませんが……私はあなたに勝ってほしいです」

ファーレンと目が合う。迷いのないアメジストの瞳が俺を映す。

「私も、自分で選ぶことはできます」

それは、彼女の意思表示だ。

俺は、ああ、そうだな、と呟いた。

意地悪な質問をしてしまったと自嘲気味に笑う。

「お話はここまでにして、そろそろ、行きますね。他の方の治療もありますし、それに――」

ファーレンが入り口の扉を一瞥する。

俺もそちらを見ると、扉の隙間から金色の髪が覗き見えた。

「そういうわけなので、ここで失礼します」

ファーレンは、軽くお辞儀をして部屋を出た。

そして、ファーレンと入れ替わりに、金髪の少女――ナタリーが医務室に入ってきた。

「……オーウェン」

部屋に入ってきたナタリーは、開口一番に不安の声を漏らした。

どうしたんだろう？

てっきり、オーウェンおめでとう！　と元気な声で言ってくるのだと思っていた。

「あなたは……いつも私の予想を超えてくるのね」

「そうかな？」

「初めて会った日もそう。いきなり空を飛ぶなんて、驚かされたわ。そして、今回のことも……。

凄いわ。なんて言っていいのか、わからないくらいに……」

まあ、あれだ、と俺は頬をかく。

「とりあえず、祝福してくれると嬉しいかな？」

「そ、そうだったわね。ごめんなさい……」

ナタリーは頭を軽く下げて謝った後、おめでとうと言った。

「ありがとう。約束した通り勝ったよ」

試合前、ナタリーに言った言葉を思い出す。あとは俺に任せろと告げた。

だから、というわけではないが、勝てて良かった。

「……ええ。驚いたわ……」

ナタリーは歯切れの悪い言い方をする。その表情から、あまり嬉しさが伝わってこない。

「あんまり、喜んでくれないんだな」

「違うの……そうじゃないの……。オーウェンが勝ってくれて、嬉しい気持ちもある。ただ……」

ナタリーは視線を外す。

「なんだ？」

俺が聞き返すと、ナタリーが眉間にシワを寄せた。

「……怖くて……。あれは、試合の途中で見せたものは何？　オーウェンはオーウェンよね？」

ナタリーは瞳を揺らし、俺に問いかけてくる。

きっと、俺が過去の自分に乗っ取られたときのことだ。

彼女になんて伝えようか……。

俺が本当のオーウェンじゃないってことを伝えるべきか？　俺には前世の記憶があって、オーウェンの体を借りている別人だって……そう告げればいいのか？

いいや、違うな。

俺はオーウェンだ。

佐々木として記憶は残っていても、俺はオーウェンとして生きている。

記憶の中での両親との惜別《せきべつ》。そこで俺は佐々木裕太ではなく、オーウェン・ペッパーとして生きていく決意をした。

今の俺がオーウェン・ペッパーなんだ。

「何言ってんだよ。俺は俺だよ。他の誰でもない」

「本当に？　どこにも、行かない……」

「当たり前だ」

俺はオーウェンとして、精一杯生きていく。

たとえ、この身体に別の人格がいたとしても、渡さない。

「さっき見せたオーウェンは、一体なんなのかしら？」

ナタリーの質問にどう答えようか迷いながら、言葉を探す。

「……俺の評判が悪かったのって覚えてるよな？」

「ええ、酷い噂が広まっていたわね」

「あれは……事実なんだ」

オーウェンが使用人に対して行った所業《しょぎょう》の数々。それらを記憶ではなく、実際に彼の身になって追体験したからこそわかる。

オーウェンは最低のやつだ。

「事実なはずがないわ。だって、あなたは初めて会ったときから、今のあなただったわ」

ナタリーは困惑しながら答える。

彼女に本当のことを伝えるべきか？

うちに秘めている凶暴性《オーウェン》を、彼女に伝えるのが怖い。

嫌われてしまうかもしれない。それが怖かった。

こんな自分を受け入れてくれるのか？

俺は悩みながら、ナタリーの碧眼を見た。彼女は俺を心配そうに見つめていた。

それを見て、ナタリーに隠し事はできないなと思った。

「上手く言えないが……俺は二重人格だ」

真実を告げた。

俺と過去の自分。2つの異なる人格が、1つの体を奪い合っている。

「昔のわがままなオーウェンも、ナタリーが知ってる俺も……どっちもオーウェンだ」

「それは……」

彼女は言葉を失う。

しかし、俺の表情から、何かを察したように口を開く。

「本当のことのようね」

「怖いか？」

オーウェンは、怒りに任せて暴れ回るだけの存在だ。

人というよりも。獣に近い。

そんな人格を持っている俺は、怖がられて当然の存在だ。

「怖いわ……」

ナタリーが呟いた一言に、俺は覚悟していた以上の喪失感を味わった。

ぎゅっと拳を握る。

わかっていたのに……実際に聞くと、辛いものがある。

「だよな」

俺は、ははははと笑う。

ショックだけど仕方ない。それが当然の反応だ。

「こんな俺……怖くて当然だよな……」

「オーウェンが、いなくなってしまうことが怖い。あなたが、あなたでなくなってしまうことが、何よりも怖いの」

ナタリーが目を伏せ、体を震わせた。

俺はそんな彼女を見て、不覚にも安堵してしまった。

「なんだ……そんなことか」

肩の力が抜ける。

てっきり、自分の存在が怖がられていると思っていた。

「そんなことではないわ！　私にはオーウェンが必要なの」

告白のような彼女の吐露に、俺は目を見開いた。

俺は魚のように、口をぱくぱくと動かす。

「……えーとね……友達としてだわ……」

ナタリーが顔を赤く染めながら言った。

「そ、そうだよな……。うん、知ってたよ」

「その……だから、いなくならないで」

彼女の震える声と揺れる視線から、不安が伝わってくる。

俺はナタリーの手に自分の手を重ねた。

「大丈夫だよ。俺はいなくならない」

「本当に？」

「ああ本当だ」

自分がいなくなった後のナタリーの顔を想像する。

彼女の絶望した表情が目に浮かぶ。

俺がオーウェンに乗っ取られるなんて、そんな無責任なことはできない。

「オーウェンは、ずっとオーウェンのままだって……約束して」

もう二度と、大切な人たちのもとを去るのはごめんだ。

「約束する」

ナタリーの碧眼をしっかりと見ながら答えた。

その瞬間、ナタリーが医務室に来てから初めて微笑んだ。俺は、この笑顔を崩したくないと、そう思った。そして、崩してはならないと心に誓った。

# 第八幕

オーウェンが勝利した。

多くの者がユリアンの勝利を疑っていない中、ベルクはオーウェンが勝つと思っていた。

それは、信頼ではなく希望だ。

オーウェンならユリアンよりも勝ちやすい……という安直《あんちょく》な理由ではない。

むしろ、その逆。

ユリアンにも勝つほどの実力を備えたオーウェンに、打ち勝ちたい。

ベルクの偽らざる本音だ。

どうして、そこまで彼との戦いを望むのか？　それは、ベルクにとってオーウェンが理想の存在であるからだ。

ベルクは昔、オーウェンのような魔法使いになりたかった。

強い魔法使いに対し、憧れを抱いていた。

この魔法至上主義の国で、魔法が使えないベルクは周囲から疎まれてきた。

異端王子……それが、かつての彼のあだ名だ。

「僕はオーウェンが羨ましい」

強欲で嫉妬深い……ベルクは自分のことをそう評している。

彼は多くの称賛を望み、そして才ある者に嫉妬した。

身体強化を極め、四大祭という大舞台で決勝戦に進出した今でも、その気持ちは変わらない。

「だからこそ、君に勝ちたい」

オーウェンに勝つことで、自分の努力が間違っていなかったと証明できる。

自分の存在を今こそ、証明するときだ。

生まれてきて良かった、と自分自身が納得したかった。

ベルクは剣の鞘《さや》に左手を置き、右手でグリップを握った。そして、目を閉じて呼吸を整える。

腰にさしていた片手剣を振った。

剣閃《けんせん》が宙を裂く。

それは、まさに神速《じんそく》。

息を吐くと同時に身体強化を行い、瞬間的に爆発的な速度を生み出した。

だが、特筆すべきは速さだけでない。

ベルクの動きは極限まで無駄を削ぎ落としたものであり、そこには速さ以上の疾《はや》さがある。

齢《よわい》15にして、極みに達しようとする剣《けん》。

それは、彼の天賦《てんぷ》の才によるところが大きい。

しかしそれ以上に、彼の血の滲むような努力が窺える。それは硬い手の平と、その上にできたマメが物語っている。

しばらくの間、ベルクは剣を振り続ける。

「まだだ……まだ届かない」

ベルクの求める剣は――理想はまだずっと先にある。

「これではオーウェンに勝てない」

理想と言う名の幻影は巨大で、それを振り払うように振るう。

と、そんなときだ。

「おや？　何かお困りのようですね」

ベルクはパッと後ろを振り返り、そして、低い声で問うた。

「誰ですか……？」

どこからともなく現れたその人物は、黒色の帽子をかぶっていた。渋い声と醸し出す雰囲気から、そう若くはないと推測できる。

「私はあなたの味方ですよ」

「味方？　到底、そのようには見えませんが」

突如、現れて味方と告げる怪しい人物。どんな馬鹿でも「はい、わかりました」と頷きはしないだろう。

ベルクは、帽子の男に最大限の注意を払う。

ここは、学園の敷地内にある公園だ。

ベルク以外の存在が、この場にいてもおかしいことではない。

だが、目の前の男から放たれる異様な雰囲気が、ベルクの警戒を強めた。

「そんなに睨まないでください。あなたに危害を加える気はありませんよ」

「急に背後をとられたら、警戒もしますよ」

注意深く男を観察していたベルクは、気がついたことがある。

直後、男に向けて神速の一閃を放つ。

それは常人では目で追うことすらできないほどの速さだ。

剣は、帽子の男に腹に深々と入り込む。

男の体に触れたと思いきや、剣がそのまま通り抜けたのだ。

「実体が……ない」

「バレてしまいましたか。これはホログラム？　というものらしいです。凄い技術でしょう？」

当然、ベルクはホログラムが何かを知らない。

ただ、こんなものが作れる人間は1人しか知らない。

「ユーマの遺産ですか……」

ベルクは眉を顰めながら言った。

かつて天才の名を恣《ほしいまま》にした1人の少年がいた。

だが、悲しい事件に巻きこまれ、天才少年は若くして命を落とした。

ユーマが作り出した魔道具はいくつもある。そのどれもが、彼以外では到底考えもつかないような発想から作られたものだ。

「ユーマ様は素晴らしいお方です。できることならあの方について存分に語りあいたいのですが、生憎、時間がありません」

ベルクは眉を寄せて、男の話を聞いていた。

たしかに、ユーマは称賛されるべき偉大な人物だ。しかし、目の前の男が手放しで誉めていることに違和感を覚えた。

「明日の決勝戦。あなたの勝利のために来ました」

「僕の勝利？」

ベルクは眉を顰める。どう考えても怪しい取引だ。

「あなたが望めば、確実な勝利を約束しましょう」

もちろん、ベルクは勝ちたいと心の底から思っている。

明日の決勝戦をどれほどベルクが持ち望んできたのかは、きっと誰にもわからない。

オーウェンを倒して優勝したいという気持ちは、他の誰よりも強いと自負している。

ベルクが黙っていると、帽子の男が続けた。

「明日の試合で勝つことで星付きになれる。この機会《チャンス》を逃すわけにはいかないと……そうは思いませんか？」

星付きとは、一ツ星以上の魔法使いのことを示す。

身体強化は純粋な魔法ではないため、ベルクが星付きになる手段は四大祭での優勝しかない。

喉から手が出るほど、その称号が欲しかった。

だが、勝利の約束という甘美な誘惑に乗るほど、ベルクは愚かではない。

「僕は自分の力で、この手で、チャンスをものにします。誰かの助けなどいりません」

ベルクの返答を聞いた男は帽子を深くかぶり直した。

「……そうですか。それは非常に残念ですね」

「あなたは何者ですか？」

「私は変革《へんかく》を願う者です」

変革とは物騒《ぶっそう》な言い回しだ、とベルクは険しい表情をする。特にこの国で変革を謳う者は、テロリストの可能性が高い。

「どうして、僕に声をかけた？」

それは、と男が何かを言おうとした瞬間、急に男の身体に歪みが生じた。

「ここまでのようですね」

男の影が揺れ、直後、唐突に男は姿を消した。

残されたのは小さな魔石が1つ。

ベルクは魔石を拾った。

おそらく、この魔石を媒介にホログラムとやらを出現させたのだろうと彼は結論付ける。

それにしても、とベルクは呟く。

「なんだったんだ……何が目的だ？」

ベルクを決勝戦で勝たせようとする、その裏に本当の目的があるはずだ。しかし、先ほどの会話から目的を推測することはできない。

ベルクは男が映し出されていた場所をじっと見つめたが、そこには虚空があるのみだった。

◇◇◇

1人の青年が夕闇の中、笑みを浮かべながら歩く。腰に刀をさし、ゆったりした衣服を着ている。

青年は白い肌をしており、三日月形の細い目に端麗《たんれい》な顔をしていた。

男が歩いているのは、ゴミの掃き溜《はだ》めのような場所――スラム街だ。

腐臭《ふしゅう》に鼻が漂い、間違っても優男《やさおとこ》が笑みを浮かべて歩くところではない。

治安の悪いこの場所で、小綺麗な服を着ている青年は明らかに浮いている。

何者かが息を潜め、青年を監視している。だが、そんな視線を全く意に介さず、青年は歩む。

もちろん警戒心もなく、ぶらぶらと歩いていれば、青年を狙う輩《やから》が現れるのが道理だ。

「こんなところで、坊ちゃんが何のようだ？」

青年の進む道を塞ぐように、下卑《げび》た笑いをする男が1人。

まともに水浴びもしていないのか、ぼさぼさの髪や汚れた服から強烈な異臭がする。この廃《すた》れた場所にお似合いの醜男《ぶおとこ》だ。

坊ちゃんと呼ばれた青年は、目の前にいる粗末な布に身をくるんだ醜男を見る。

「探しものがあるんだ」

醜男は青年の答えにキョトンとするが、すぐに汚らしい笑い声を上げる。

「残念だが……お前の探しものは見つからないぜ」

「見つからない？」

青年は、眉を上げ醜男に聞き返す。

「ここはなぁ、お前みたいな世間知らずの坊っちゃんが来る場じゃないんだぜ」

青年は、坊っちゃんと呼ばれるような歳ではない。

だが、童顔で綺麗な顔をしており、さらに身長も小柄なことから年齢以上に若く見られていた。

「そうだね……。こんなところでは、やはり見つからないようだ」

青年は残念がるような声を漏らした。そしてため息をついた後、さっと身を翻してその場を去ろうとする。

しかし醜男が、そう簡単に青年を逃してくれるはずがない。

ぞろぞろと青年を囲むように、男たちが現れた。

醜男と同じ匂いのする、ガラの悪い男たちが5人。彼らの手には、錆びついたナイフや棍棒《こんぼう》など、各々の得物が握られている。

「坊ちゃん。1人で帰れると思ってんのか？　めでてぇ頭してんなぁおい！」

醜男が威勢よく吠える。しかし、その言葉に青年は眉一つ動かさず空を見上げた。そこには半分に欠けた月が昇っている。

「今日の月も綺麗だけど、僕はね、もっと細い月が好きなんだ」

「こいつ。恐怖でおかしくなっちまったようだな」

青年の緊張感のない場違いな発言に対し、がははと唾を飛ばして笑い合う男たち。

「おい、ガキ。ママのミルクの代わりに俺のミルクでも飲ませてやろーかぁ？」

男の下品な物言いにドッと笑いが起こった。

ゲラゲラと品のない笑い方だ。

見た目が整っている青年は、男であるもののそういう対象として見られやすい。

薄汚れたスラム街に相応しい、汚らしい男たちだ。

だが、そんな中でも青年は笑みを崩さない。

「おいおい。この状況わかってんのか？」

その余裕な態度が気に食わなかったのか、醜男が青年に近づき肩を掴んだ――その瞬間。

「あ……？」

ポロリと何かが地面に落ちる音がした。醜男はゆっくりと視線を落とす。

そこには、腕があった。男は一瞬、何が起きたかわからなかった。

だが、次の瞬間、男は自分の肘《ひじ》から先がないことに気づく。直後に激痛が身体を走った。

「ぎゃあああああ………腕があああああああ――！」

男は鋭い痛みに身悶え、その場でのたうち回る。

「て……てめぇ。よくもやりやがったな！」

仲間をやられたことで激高《げっこう》した男たちが、一斉に青年に襲いかかる。

だが、次の瞬間――スラム街に男たちの絶叫が響いた。戦い……と言うにはあまりにかけ離れた実力差。一方的な殺戮《さつりく》が行われた。

すぐに静かになった路地で、青年がゆっくりと腰を下ろす。辺りは血まみれになり、地面には複数の死体が転がっている。この異様な状況にスラム街の住人たちは、巻き込まれるのを恐れ我関《われかん》せずにいた。

青年は月を眺めながら、言葉を吐く。

「もっと、歯ごたえがある人はいないのかな？　弱い者いじめは嫌いなんだ」

弱かったら楽しめない、だから弱い者いじめが嫌い。それが青年の主張だ。

彼が探しているのは強い相手。そして求めているのは、強者を狩るときの快楽だ。

「最近は斬れてないから……欲求不満だよ」

青年が、呟いたときだ。

「お久しぶりです」

黒い帽子をかぶった男が、突然、青年の前に現れた。

それはベルクのときに見せたホログラムであり、実体はない。

「なに？　もしかして仕事？　めんどくさいなぁ」

「そう言わないでください。それに、今回はあなたの望む、強い人物を用意しました」

「ほんとに!?」

面倒そうな表情から一転、青年は無邪気《むじゃき》な少年のように目を輝かせた。

ええ。本当です、と帽子の男は首を縦に振った。

「それは楽しみだなぁ」

青年は、ニヤリと口元を歪める。

「あ、でも……この前みたいに期待はずれだったら、許さないからね」

青年は帽子の男を軽く睨みながら言う。

「大丈夫です。十分、あなたの期待に応えられる人物ですよ」

帽子の男はそう前置きしてから、青年に依頼内容を話し始めた。話を聞き終えた青年は、うっとりとした表情で刀に触れる。

「そうかそうか。オーウェン・ペッパーかぁ。あぁ、どんな少年なんだろう。会うのが楽しみだよ」

三日月のような目を、うっすら開けて青年は笑った。

「簡単に死なないでくれよ」

月明かりのもと、青年の呟きが閑静なスラム街に響いた。

◇◇◇

今日もいい朝だ、と俺は起き上がり窓の外を見る。外は快晴、雲ひとつもない空が広がっている。

いよいよ決勝戦だ。

四大祭を通して、疲労が蓄積されている。

肉体的な疲れもあるが、精神的な疲れの方が大きい。

でも、あと一試合。

勝っても、負けても、これで最後だ。

「よし……頑張るか」

俺なら勝てる。俺ならやれる。

胸に手を当てて、自己暗示するように言い聞かせた。

ユリアンを倒した勢いに乗っかって、このまま優勝してやる。

ベルクも全力を振り絞ってくるため、激しい戦いになることが予想される。

俺は口元をにぃーと横に開き、笑顔をつくった。無理にでも笑っておくってことが大事だ。

そうやって、本番に向けて気持ちを整えているときだ。

コン、コン、コン、コンと何かが窓をノックする音が聞こえてきた。

「……なんだ？」

俺は窓の外を見る。だが、そこには誰もいなかった。

それもそのはずだ。

ここは2階だ。窓の外から誰かがノックしてくることはない。

今のは、なんだったんだ？　そう思いながら窓を開けた瞬間、バサバサ、と一羽のカラスが部屋に入り込んできた。

「うわっ……なんだ、こいつ」

俺は驚き目を見開く。すると、カラスが口にくわえていたものをコトリと床に落とした。

そして、近くにあった椅子の上に止まり、俺の方をじっと見つめてきた。

俺は困惑しつつ、カラスが落としたものを見る。一枚の紙がくるくると巻かれており、紐《ひも》で縛られていた。

俺は「なんなんだ」と言いながら紙を拾い上げ、紐を解く。

そして、書かれている文字を目で追った。

「な……っ……脅迫状《きょうはくじょう》!?」

思わず声を上げた。

そこには簡潔に、2つの内容が書かれていた。1つ目はモネを誘拐したこと。そして、2つ目は彼女の命が惜しければ、指定の場所まで1人で来い、ということだ。

決勝戦に対する緊張が一気にとける。その代わりに冷や汗が頬を伝い、違う緊張を覚えた。

「なぜモネを？　この流れで得をするのは誰だ？」

真っ先に思いつくのはベルクだ。

今日、俺が決勝戦に出なければ、ベルクの優勝が自動的に決まる。

だが、ベルクの指示である可能性は限りなく低い、と考えている。

「あいつは、そんな卑怯なことをするやつじゃない」

しかし、ベルクを優勝させたいやつらが犯人の可能性はある。

ベルクを優勝させて得をするやつらと言えば……。

「あー、だめだ。全然思いつかん……」

ベルクの周りでキャーキャー騒いでいる子たちが、ベルクのために行動したのだろうか。

そんな馬鹿な話ではない気がする。

「それより……今考えるべきは、どうやってモネを助けるかだ。……クリス先生に伝えるのは……駄目らしいな」

手紙の文章を思い出す。そこには、1人で来いと書いてあった。

そして、常に俺を監視しているとも記載されていた。俺はカラスを一瞥すると、カラスが無言でこちらを見つめていた。

このカラスが、監視だろうな。

下手に助けも呼べない状況。自力で助けに行くしかないようだ。

「行くしか……ないのか？」

指定された場所は、王都からそこまで離れていない。

おおよその行き方が指示されており……さらに、途中からカラスが指定の場所まで導いてくれるらしい。

「っ……」

俺は手紙を落とした。自分の腕が震えていることに気づく。それは恐怖から来る震えだ。

このまま1人で行けば、相手の思うつぼである。

助けに行くか、否か。

助けに行った場合、俺は決勝戦を諦めることになる。

いや、それだけならいい。自分が無事に戻って来られる保証もない。

じゃあ、モネを見捨てるっていうのか……？　自問するものの、答えは決まっていた。

「見捨てるなんて、できやしない」

なんだかんだ言いながらも、俺の中に逃げるという選択肢はなかった。

決勝戦を諦めてでも、守りたいものがある。

「友達がピンチなら、助けに行くしかないだろ」

その行動が、相手の思惑通りであろうと……ここで友達を見捨てるやつにはなりたくない。俺は決意を込めて自分の部屋を出た。

王都からは、意外にもすんなりと出ていくことができた。

この忙しい時期に、いちいち出ていく人のことを確認しない、ということだろうか。

指定された場所は、王都から少し離れた森の中だ。

カラスを肩に乗せたまま、身体強化を使って大地を駆ける。

しばらくすると森の前にたどり着いた。すると、カラスが俺の肩から離れ森の中に入っていった。

「ついてこい……ってことかな」

森の中に足を踏み入れ、カラスの後を小走りでついていく。

魔物がほとんど住み着いていない森であり、ここでは魔物に襲われる心配はない。

しかし、奇妙な静けさが胸《ひら》をざわつかせた。

そうして、森を進むと開《ひら》けた土地に到着する。至るところが剥げ落ち、蔓《つる》で覆われた煉瓦の倉庫がそこにあった。

カラスが倉庫の窓から、中に入っていった。

「ここに、モネがいるってことか……」

俺はごくりと生唾を飲み込んだ。

身体強化をした状態で、倉庫の扉を開けた。ぎいぎい、と古くなった扉が地面と擦れる音がする。

倉庫の中は明かりがついておらず、尚且《なおか》つ、伸びた木々が倉庫に入る日光を遮っている。昼間だというのに薄暗い倉庫の中を歩む。

ポタポタ、と水が滴る音が鮮明に聞こえてくる。

目を凝らし、慎重に慎重にと自分に言い聞かせながら歩く。暗い倉庫の中を注意深く進むと、人の影を発見した。

ぐったりと壁にもたれかかっているモネがいる。

さっと周囲を見渡し、周りに誰もいないことを確認した俺はモネに近づいた。

「大丈夫か？」

小さな声でモネに話しかけるが、反応がない。だが、モネの体に損傷はなく、ひとまず安堵する。

ただ意識を失っているだけのようだ。ほっと胸をなでおろしたときだ。

「やあ――待っていたよ」

振り向くと……倉庫の奥から、ゆったりした服を着た青年が現れた。

その青年は腰に刀をさし、ニコニコと笑っている。俺は青年からモネを隠すようにさっと動く。

こいつが誘拐犯だろうな……と警戒を強める。

「モネを返してもらいます」

声を低くして告げた。

「それは、君次第だ」

青年が三日月形の細い目で、俺を吟味するかのように見てきた。

その視線に晒《さら》された俺は、背筋に冷たいものが走るのを感じた。直後に青年はぽんと手を打つ。

「うん！　合格！」

彼は、そう言いながら笑みを深めた。

「合格……？」

「まだ、食べ時でないのが残念だ。……あと5年……いや、3年ってところかな。ここで食すのは勿体《もったい》ない」

「何を……言ってるんですか……？」

「君を食べるのは、いつが一番いいかって話さ」

青年の言葉に、身体が縛りつけられるような恐怖を覚えた。

「青いうちに摘《つ》み取るのは、勿体ないけど……熟すのを待ち過ぎて、果実がなくなっていたら困る。

ああ、迷いどころだ」

青年が何に迷っているのか、容易に想像がついた。

食べる、というのは、殺す、ということだ。

「僕的には……熟すのを待った方がいいと思います」

青年の身体から放たれる雰囲気から、只者でないことが窺える。今戦っても勝てる自信がない。

「うーん。そうだね。久しぶりに見る最高の果実だ。今、食べるのは勿体ないね！　じゃあ、今日のところは逃してあげるよ」

青年が笑顔でそう言うと、俺は「え……!?」と驚きで目を丸くする。

こんなにあっさり逃してくれるのか？

俺は青年の言葉に頷かず、警戒心を緩めない。

「じゃあ、またね」

青年が笑顔のまま手を振ってきた。

どうする？　ほんとに逃げてもいいのか？　罠じゃないのか？　混乱した頭で考える。

男の顔色を窺うが……この男が何を考えているか全然読めない。

案外、何も考えていないのか？

でも、逃げてもいいなら、気が変わらないうちに逃げてしまおう。

モネが起きる気配はなく、背負っていくしかないと考え、彼女に触れた瞬間だ。

「あああぁぁぁぁぁ！」

男が突然、叫んだ。

「駄目だ！　やっぱり我慢できないよ」

俺はぎょっと息をのんで、青年を見る。

すると、青年は顔を歪ませて言い放った。

「あぁ勿体ない。できれば君が熟するまで待ってあげたいけど。――――僕、最近全然殺《や》れていなくてさ。欲求不満なんだよ、もう我慢できないから……ね？　食べてもいい？」

青年が呟いた瞬間……ゾクリ……と悪寒《おかん》が走る。

青年が刀の鞘に手を置いた。

その簡単な動作だけで、ドク……ドク……ドク……と俺の心臓が激しく脈打つ。

対峙しているだけで、恐怖が身体を支配する。

絶対にこの青年には勝てない。

ユリアンのように、頑張ればなんとか勝てる相手じゃない。

「しっかり味わってあげるから……だから、簡単に死なないでね」

汗が頬を伝いポタッと地面に落ち、その瞬間――男が消えた。

いいや、違う。

あまりにも自然な動作からの移動だったため、消えたように見えただけだ。

そして――――目の前に接近した男によって腹を貫かれ、俺は口から血を吐き出す。

「どうしたんだい？」

男が不思議がるように首をかしげた。

刹那、思考が止まる。

どういうことだ……何が起きた？　今……腹を貫かれたはずでは……？

しかし、俺の身体には一切の傷がついていなかった。

気がつくと、俺は尻もちをついていた。額からは汗が滝のように吹き出す。

「うーん。やはり。まだ時期じゃなかったね」

男は相変わらずニコニコと笑っていた。そして、その場から一歩も動いていなかった。

「な……なんで……？」

呆然とし、俺は声を零す。

確かに俺は斬られた。だけど、身体には一切の外傷《がいしょう》がない。

「僕に斬られたとでも思った？」

男が俺の思考を読んだかのように尋ねてきた。

もしかして、今のは殺気か？　そんなことがあるのか？　斬られたと……そう錯覚したとでも言うのか？

「こういうのにはあまり慣れてないようだね。ごめん、ごめん。手加減し忘れちゃったよ」

男はゆっくりと近づいてくる。

早くこの場所から、この青年から逃げないと殺される。でも、どうやって逃げればいいんだ？

自分だけ逃げる……なんてのは絶対に駄目だ。隣にはモネがいる。

俺は男に右手の手のひらを向けた。

「地獄の火炎――――イフリート！」

炎が轟々と音を立て、男に向かって飛来する。

俺が放った魔法はしかし、男が刀を一振りしただけで綺麗に両断された。

「いいね、今の魔法！　中々手応えがあったよ！　他の魔法も見せてよ」

俺は完全に弄《もてあそ》ばれている。それも仕方ないと言えるほど、俺とこの青年の実力には大きな隔たりがあった。

しかし、この場での勝利条件は男を倒すことじゃない。

モネを連れて、男から逃げ切ることだ。

幸いにも俺には重力魔法がある。

男の隙を一瞬でもつければ、モネを抱えて逃げ出せる。見たところ相手は剣士のため、空に逃げれば追ってこられないだろう。その一縷《いちる》の望みにかけるしかない。

「お望みであれば、いくらでもお見せしますよ」

どの魔法を使えば隙を作れるのかを、考える。

イフリートは召喚できない。

ユリアン戦で精霊魔法が使えたのは、条件が揃っていたからだ。

重力魔法は？

これも……男の注意を引くには、インパクトが足りない。

他にはないのか……？

刹那の思考の末、1つの答えを導き出した。

銃弾を使えばいい。銃弾は殺しに特化した魔法だ。一点に集中させた弾の威力は、他のどの魔法をも上回る。

気を引くどころか、青年に深手《ふかで》を負わせることも可能かもしれない。

使うのが怖い、なんて言ってる場合じゃないんだ。今、使わなくちゃいけない。何かを壊してでも、守りたいものがあるんだろ？　そうだろ？　なあ、オーウェン・ペッパー。

「いい目だ。ゾクゾクするよ」

男が目を吊り上げて、不気味な笑みを浮かべた。

だらり、と肩の力を抜いて佇む男の姿は、一見すると油断しているように見える。

だけど、きっとそれは油断なんかじゃない。おそらくこの男は、自分が楽しむためなら自身の命すらかけられる。そんな狂気じみた感性を少ない会話から感じ取ることができた。

その異常性は、俺には到底理解できない。

「恨まないでくださいね」

俺はすっと青年の胸目掛けて、右手の人差し指を向ける。

昔、聞いたことがある。射撃の腕がないなら頭でなく胸を狙えと。その方が確実に殺《や》れる。

無駄なことを考えるな。ただ、引き金を引けばいい。

冷たい汗が流れ床に落ちる。はぁ、はぁ、と呼吸が荒くなり、目が血走る。あとは撃つだけだ。

相手は止まっている。この距離なら、俺だって当てられる。

撃たなきゃいけない。そうでもしなきゃ守れない。俺は守ると決めたんだ。

それなのに、どうして、腕の震えが止まらないんだ……。

「撃てない……」

こんなときにも、銃弾を使ったときの嫌な感触が残っている。ドミニクの死に際の表情が頭から離れない。

「なんだ……何もやらないの？　それだったら殺しちゃうよ？」

殺されるのは嫌だ。

でも、人間に向けて銃弾を放てるほどの度胸が……俺にはない。人の命を奪える覚悟がない。

あーあ、残念、そう言って青年は瞳から感情を消した。

「もう、つまんないや。殺しちゃうね」

男がそう言った瞬間だ。俺の耳に、最も頼りになる女性の声が届いた。

「――――氷結」

ヒヤッ、と冷たさを感じたときには既に、目の前の青年が氷の中に閉じ込められていた。

「お前は、ほんとにトラブルマンだな。いや、トラブル製造機と言った方が正しいか？」

声のした方を振り向くと、そこにはクリス先生が腰に手を置き、呆れた表情で立っていた。

「トラブルが勝手にやってくるんですよ」

クリス先生のいつもと変わらない調子に、安堵を覚える。

「まさか、決勝戦当日にトラブルに巻き込まれるとは……いや、当日だから巻き込まれたのか。そんなことはどっちでもいいが……おい、オーウェン。さっさと逃げろ」

クリス先生は、青年を閉じ込めた氷から視線を向けたまま告げた。

直後に、パリンと氷が割れる音が聞こえ、次の瞬間には青年が氷を砕いて出てきた。

「随分と……気持ちのいい挨拶だね」

青年が三日月形の細い目でクリス先生を見つめる。

「こいつを倒すのには、少々手間がかかる。お前は早く王都に逃げろ」

俺はクリス先生の言葉に頷く。この場に俺がいても足手まといになる。ここはクリス先生に任せるのが最善の策だ。

モネを後ろに背負い、駆け出そうとする。

「逃がすとでも？　僕はね。一度斬るって決めた相手は――――」

「――――氷塊！」

クリス先生の作り出した巨大な氷の塊が青年に当たる。その直後、青年が宙に投げ飛ばされた。

「もたもたするな！　早く行け！」

「は、はい！」

俺は身体強化を使って走り出した。

モネを背負いながら森の中を駆ける。後方から激しい戦闘音が間断なく聞こえてきた。

クリス先生とあの男の戦いが始まったのだろう。でもクリス先生なら、きっと大丈夫だ。三ツ星魔法使いの名は伊達じゃない。俺の知っている中でクリス先生は最強の魔法使いだ。

俺は後ろを振り返らず、前だけを見て走る。

行きのときはカラスに案内された。

そのせいで、今の自分がいる場所がどこかを把握していない。

だけど、こういうときのために重力魔法がある。

「――――引力解放」

空に浮かぶと、遠くまで森が広がっているのが見えた。辺りを見渡せばすぐに王都を発見した。

俺は、王都に向かって一直線に移動を開始する。

モネを背負っているため、そこまでスピードが出ない。

空中を駆けているときだ。

バサバサと森の中から音がしたかと思いきや、何か黒いものが伸びてきた。それは触手のような影だ。

「まさか……」

見覚えのある魔法。あの魔法は……昨日の戦いで見た陰魔法に違いない。

それを見て、1人の人物の顔が思い浮かぶ。

「ユリアン……?」

もしかして、ユリアンが誘拐犯の味方だというのか？

いや、決めつけるのは良くない。だが……影は明らかに俺の方へ向かってきている。

ゆっくり考える暇はなさそうだな。

敵か味方かわからない状況で、捕まるわけにはいかない。

「とりあえず、逃げる一択だな」

俺が思考に時間を割いている間に、影が迫ってきていた。そして影は、モネの体に纏わりつこうとしてきた。

「くっ……鬱陶しい！」

空中で影を避けるが、モネを背負っているため動きが制限されている。自由自在に動けるのが飛行魔法のメリットなのに、それが活かしきれていない。

影の数は増えていき、次第に追い込まれていく。とうとう足を掴まれてしまった。

「火球！」

咄嗟に影を燃やす。だが、空中での二重魔法は制御が難しく、尚且つ、緊迫した状況だ。額から緊張の汗が流れる。

重力魔法が不安定になり、危うく落下しそうになった。すぐに集中してなんとか体勢を立て直す。

しかし、すぐそこまで迫った影が俺をからめ捕ろうとしてきた。

少しでも油断すれば捕まってしまう。俺は必死の思いで影から逃げ続ける。そうして、なんとか影から逃げ切ることができた。だが、王都から随分と離れたところにきていた。

ひとまず着陸し、ふう……と息を吐く。

着地したのは森の中だ。鬱蒼とした緑が陽光を遮っている。

さて、ここからどうするか……。モネを背負いながら空に逃げるのは難しい。

そもそも、どうしてユリアンは俺たちを捕まえようとしてきたのか？

何考えているかわからない人だけど、ユリアンが敵だと決めつけるのは早計だ。

うーん、と唸っていても埒《らち》が明かない。

それよりも、王都に向かうべきだ。着地する直前に王都の方向を確認したため、向かうべき方角はわかっている。

俺は再び身体強化し、走り出そうとした。

すると、俺の胸の前でクロスしていたモネの右腕が突然動く。

着地の衝撃で目を覚ましたのか？

そう思い、モネに声をかけようとした、その瞬間だ。脇腹から鋭い痛みを感じた。

「が……はッ……」

何が起きたのか、一瞬、理解が遅れる。脇腹にはナイフが突き刺さっていた。

な……んで……？　どうして、ナイフが……………刺さっているんだ？

背中にはモネしかいないはずだ。刺されるなんてこと、あるわけがない。

それに、なんでモネがナイフのハンドルを握っているんだ……？

意味がわからず頭が真っ白になる。

状況だけで事態を判断するなら、モネがナイフで俺を刺したことになる。

ははは、とカラ笑いする。……そんなのは絶対におかしい。何かの間違いだ。

「いつっ……」

だが、脇腹の痛みが否応にも現実を伝えてくる。

俺は、ふらっとその場でよろける。それと同時にモネが俺の背中から離れた。

「モネ……さん？」

俺はよろよろと、数歩進んで、バタッと木にもたれかかる。そして、モネに視線を向けた。

「あーあ、残念。もうちょっと隠せると思ったんだけどね」

モネは俺を見下ろしながら、残忍《ざんにん》な笑みを浮かべた。

笑っているのに瞳が凍りついている。背中に冷たいものが走るような、ぞっとする表情だ。

「なんで……？」

絞り出すように声を立てる。俺は、誘拐されたモネを助けに来たんだ。これではまるで……。モネが悪者みたいじゃないか。

「おつかれ、オーウェン君。そして……さようなら」

モネはくるくる、と小さなナイフを回しながら冷たい表情で告げた。

直後、モネがナイフを振り下ろしてきた。

俺は地面を転がりながら避ける。脇腹から発生する痛みに悶えると口の中から鉄の味が広がった。

「くそ……っ」

モネが敵だってことを、否が応でも理解させられる。

よく考えてみれば、あの頑丈なセキュリティの中からモネを誘拐するのは困難を極める。

彼女はセントラル学園の中で、ユリアンの次に将来を有望視されている生徒だ。

なぜ、それほどの人物を誘拐したのか？　わざわざモネを誘拐するのはハイリスクハイリターンだ。それなら、よっぽど他の人を誘拐したほうが良い。

「自ら誘拐された……いや、誘拐されたふりをした。そういうことですか……？」

モネが首を縦に振った。

「あたしなんかのために、オーウェン君が助けに来るとは思わなかったよ。それも決勝戦を捨ててまで」

「モネさんは……大切な人だからです」

「大切な人？　それは嬉しいよ」

そう言うモネは、いつもの明るい表情を浮かべた。だが、次の瞬間。

「――――反吐《へど》が出るほどにね」

モネは表情に影を落とした。それは明確な拒絶だった。

「誰かに脅迫されて……それで、こんなことをしてるんですか？」

そうでなきゃ、おかしい。そうでなくちゃ、困る。いや、そうであって欲しい……。

「残念ね。あたしの意思よ」

そう告げる彼女はやはり、俺の知るモネではなかった。

屈託なく笑っているのがそれがモネなのに、今は彼女の表情から活気が失われている。

俺はモネから視線を外さず、脇腹を押さえながら立ち上がった。

「どうしてですか……？」

「それを答えたとして……なんの意味があるの？」

モネが手に持っていたナイフを投擲《とうてき》してきた。

俺は横に跳んでナイフを避けた。しかし次の瞬間、モネが目の前に迫っていた。

「――火球！」

モネに向かって魔法を放つ。彼女は咄嗟に上に跳ぶ。

「砂嵐！」

渦のように巻き起こった砂が、モネの視界を奪った。

その隙をついて俺は身体強化を使い、脇腹を押さえながら地を駆ける。

モネがどうして？　と、そんな思考が脳内を支配する。その刹那――、

「遅いよ」

いつの間にか接近していたモネが、新たに手にしたナイフで俺の脇腹を抉った。先ほど突き刺された傷が一層深くなる。

俺はその場で両膝をつき蹲《うずくま》った。そんな俺の顔をモネが無理やり上げ、冷たい視線を向けてきた。

「モ……ネ……さん。なんでですか……？」

「あんたには、わからないよ」

モネからの刺すような鋭い視線が痛い。

訳を言ってくれなきゃ……わかるわけないじゃないか。

「わかりません……何もわかりません！　……モネさんはこんなことする人じゃ……」

「ねえ、あたしってどんな人？」

モネが静かに、ぞっとするような声音で尋ねてきた。

「明るくて、優しくて、弟想いな人です……」

モネが片方の眉を上げる。

そして、ぱっ、と俺を掴んでいた手を離し高らかに笑った。

「あははは。あたしが明るくて優しい？　トールのことを大事に想う姉？」

モネが念を押すように聞いてきたため、俺は黙って頷く。

すると彼女は、突き放すように言葉を吐いた。

「……ふざけないで」

「ふざけてなんか……いません」

俺はじんじんと痛む脇腹を、両手で押さえながら応えた。

さっきから、体中が熱を発しているようなダルさを感じる。

「早く治療しないと死んじゃうよ。まあ、治療なんかさせないけどね」

そう言ってモネが脇腹を蹴り上げてきた。

「が……は……」

俺は地面を転がされた後、仰向けになって倒れた。

すぐさま、モネの表情が目に映る。それは、トールの姉としての顔でもなければ、カイザフと楽しそうに会話しているときの顔でもない。

俺の記憶にある、どのモネの顔とも一致しなかった。

冷酷で、全てを諦めようとしている表情だ。

だけど俺には、その顔が泣いているように見えた。

「どうして……そんな顔を……」

モネが本気で俺を殺す気なら、俺はもうとっくに死んでいるはずだ。

本当に悪いやつなら、悪役に徹《てっ》したいなら……そんな表情をしないでくれよ。モネには何か事情があるって、助けてやりたいって、そう思ってしまう。

「同情引くような……そんな顔すんなよ」

「黙れ」

モネが俺の右腕を背中まで引っ張り、捻じりあげてきた。

「い……ッ……」

直後——みしみし、と骨が軋む音がする。

「同情を誘う？　ふざけたことを抜かすな！」

「ふざけてなんか……　があ————！」

バキッという音とともに、肩に激痛が走った。右肩を外されたのだ。

この世界で何度か痛い目に遭ってきた。多少痛みには慣れた。死にかけたことだってある。

だけど、痛いものは痛い。冷たい汗が額を流れた。

今すぐにでも逃げ出したい……そう思う自分がいる。決意とは裏腹に弱い自分がいる。

もう……不都合なことを全部忘れて寝たい。

明日起きたら、全てが夢だった……そんな甘い現実が欲しい。

そうして、四大祭の決勝戦が始まるんだ。緊張した顔の俺が決勝戦の舞台に立っている。

目の前にはベルクが佇んでいる。

優勝をかけた一戦が、今から始まろうとしている。

そして、俺には会場で応援してくれる友達がいる。その中には……きっとモネがいるはずだ。

「一緒に……帰ろう」

俺の言葉は、届かないのかもしれない。

俺は英雄《ヒーロー》なんかじゃないし、救えないものがあることも知っている。追い詰められたモネを俺の一言で救えるほど、都合良くないことはわかっている。

でも、いつも通りの明日を望んじゃ駄目なのか？　別に大きなことを望んでいるわけじゃない。

みんなで、笑顔で、明日を迎えたい。

「一緒に帰るなんて……どれだけお人好《ひとよ》しなの？　それともまだ……痛みが足りないようね」

「お人好し……なんか！　……じゃない……」

どうでもいいやつが、どうなろうと知ったこっちゃない。

全部を助けるってのは傲慢だ、といつかの俺はファーレンに告げた。

その通りだ。だから、大切なものだけを助けたい。

俺は、俺の過去に誓った。大切な人を守っていくと心に決めた。それが、俺がこの世界で生きる意味でもある。それが、オーウェンとして生きてくと決めた俺の覚悟だ。

「モネさんは……大事な……人——があああぁぁぁ」

モネのナイフが俺の肩を抉った。

脇腹の痛み、外れた肩の痛み、そして肩を刺された痛み、それら全てが重なって痛みが何倍にも膨れ上がる。

「この腕を切り下ろしたら、黙ってくれる？　それとも、その首を切り落とした方がいい？」

モネはそう言ってナイフを肩から抜き、首まで持ってきた。

つー、と首筋から血が流れる。

「あぁ……」

激痛で喉がカラカラだ。口中では血の味が広がる。目がチカチカして痛い。

頭がどうにかしてしまいそうだ。

「オーウェン君を殺せないって思ってるでしょ。でも……教えてあげる。あたしはね！　これまで、散々、人を殺してきた！　罪もない子供だって殺した！　たかが、あんた1人くらい！　この手でっ！」

彼女は激情をぶつけるように叫んだ。しかし、俺の耳にはモネの声が震えているように聞こえた。

俺なんか簡単に殺せる？　ふざけるのも大概《たいがい》にしろよ。

「じゃ……早く殺せよ……」

「言われなくても、そうするよ！」

グサッ……っと背中にナイフが突き刺さる。

「い……っ……」

極度の痛みに神経が麻痺《まひ》し、意識が混濁《こんだく》する。

こんな仕打ちをされても、モネを信じたいと思ってしまう。俺はとんだお人好しかもしれない。

今までの彼女との全部が嘘だと、思いたくない。

情があるのは認める。

でも、それだけじゃない。

俺の直感が、モネは悪いやつじゃないと訴えている。

夢うつつのように、視界が揺らいできた。ひょっとすると、これは本当に夢なんじゃないかって。

そう思って意識を手放せたらどれだけ楽だろうか。

でも意識を手放してしまったら、こぼれ落ちてしまうものがある。

手放したくないものがある。

だからこそ、歯を食いしばって意識を保つ。

「子供を……殺した……？」

「そうよ……。今、あなたにしているようにナイフで一刺しよ。案外簡単だったわ。子供ってのは、すぐに死んでしまうものなのね」

モネの声は揺れる。モネが殺したくて子供を殺したわけじゃない、と馬鹿でもわかる。悪人の振りをしようとしているのが伝わってくる。

「殺したのは…………じ、自分の心……だろ……」

モネが、ギュッと俺の肩を掴む手を強める。

「わかったような口を利かないで――あたしのことを何も知らないくせに！」

森の中にモネの声がこだまする。

俺は左手で地面を掴み、ぎりぎりと土に爪を食い込ませた。

「つち……よ……」

右手の触れる大地が変形し、鋭利な穂先となってモネに向かっていく。

その瞬間、モネがパッと俺から距離を取った。

背中の重みから開放された俺は、体を反転させ空を仰ぎ見た。

木々の隙間から、どんより曇った空が見えた。

「……終わりにするね」

モネが俺の右腕を押さえる。そして、曇天を隠すように上から覆いかぶさってきた。彼女の陰りのある表情がくっきりと見える。

そろそろ限界だ。瞼が重い。

身体が思い通りに動かず、魔法を使う余裕もない。

「さようなら」

モネがナイフを振り上げるのが見えた、そのときだ。

「そこまでにしてもらおうか？」

ユリアンの声が聞こえてきた。

◇◇◇

モネは声に反応し、さっとオーウェンから離れた。そしてユリアンを正面から見据える。

ユリアンはオーウェンを一瞥してから、

「やれやれ……随分と酷いやられようだ」

彼は、続いてモネを見た。

「怪しいとは思っていたけど……これで確信に変わったよ。君は——回帰《かいき》主義者だね」

モネは眉をピクリと動かした。

それを肯定の合図だと受け取ったユリアンは、言葉を続ける。

「国に……いや、魔法至上主義に反感を抱く過激派集団」

最凶のテロリスト団体——回帰集団。モネがその一員だとユリアンは告げている。

回帰とは、もとの状態に戻ること。

彼らの目的は、人間をあるがままの状態に戻すことである。

魔法による差別がなく、全員が平等な世界。回帰集団とは平等という甘美な謳い文句のもと、国家を脅かす犯罪者集団である。

「証拠は……あるの？」

「もちろんあるさ。けど、それを聞いてなんになる？　僕が黒と言えば黒になるのに」

ユリアンの言う通り、アルデラート家が黒と言ったものは、たとえ白であっても黒になる。それだけの権力を有している公爵家なのだ。

そんなことをすれば信用が落ちる。だからユリアンは真っ当な手段でしか処分を下さない。

モネは忌々しいものを見る目で、ユリアンを睨む。

「アルデラート家の駄犬め」

彼女は、ユリアンが自分を監視していると気づいていた。中等部3年生の時期にユリアンがワルツ学園からセントラル学園に転入してきた。

よほどのことがなければ、この時期に学園を替えることはない。加えて、もし魔法を学びたいならサンザール学園に行くのが最良の選択だ。

なぜ、セントラル学園に来たのか？

「私を捕まえるためにセントラル学園に？　熱心なアプローチね」

「まあ……君だけじゃないんだけどね」

ユリアンは意味ありげに笑った。

「……それで、どうする？　あたしをお得意の陰魔法で拘束する？」

「そうしたいのは山々だが……」

言葉を濁しながら、ユリアンはオーウェンを見た。

オーウェンは話す気力も残っていないのか、荒い呼吸をしながらずっと黙っていた。モネによってズタボロにされた姿は痛々しく、すぐにでも治療する必要がある。

ユリアンは、自分の判断ミスを痛感した。回帰主義者を焙り出すために、もう少しだけモネを泳がしていた。そう考えている間に先手を取られ、今日の事件が起きてしまった。

「オーウェン君を助けないと、死んじゃうよね」

モネがオーウェンに視線を向ける。

「ここで見殺しにしたら、ナタリーに嫌われてしまう。それは勘弁したいな」

ユリアンはそう言いつつ、思考を巡らす。

この場でモネを捕まえるために動いたらどうなるか。彼女を捕まえることはできるかもしれない。

予選会で戦ったとき、ユリアンは難なくモネを倒すことができたからだ。

当時のモネが本気を出していたかは怪しいが、それを鑑みてもおそらくユリアンの方が強い。

だが、ここで時間を取られたらオーウェンの生死に関わる。ユリアンは自分を倒したオーウェンの実力を認めていた。

だからこそ、オーウェンがモネ相手にやられるとは予想していなかった。

「仕方ないから、見逃してあげよう」

モネを捕まえることとオーウェンを助けること。それを天秤にかけた結果、後者の方が重要だと結論付けた。

「賢明な判断ね」

モネは最後にオーウェンを一瞥して身を翻《ひるがえ》す。そして、身体強化を使って森を駆け出そうとする。

「モ……ネ！　行くな……！」

オーウェンが最後の力を振り絞って叫ぶのが、モネの耳に入ってきた。

モネは思わず振り返りそうになるのを、抑えて走り出した。

なぜ、オーウェンは自分のような矮小《わいしょう》な存在に関わろうとするのか、モネには理解できなかった。

薄っぺらい言葉で、これ以上惑わさないでほしい。

たかが学生に何ができる？　何も知らない子供のヒーロー気取りにうんざりする。

モネが助けを求めたとき、誰も助けてくれなかった。

「もう遅いんだよ……」

モネは闇に堕ちていた。もうとっくに、引き返せないところまで来てしまっているのだ。

父親を殺してしまったあのときから……彼女に未来はなかった。

モネの立っている場所は、手元すら見えない深い闇の中だ。

過去の行いの結果が今になる。現状を望んだのはモネだ。

だから、後戻りをするつもりはない。行き先がさらに深く苦しい闇の中だというなら、どこまでも堕ちていこう。

かぁかぁ、と鳴くカラスが、モネの周りを飛び回った。そして、カラスがモネの肩にピタッと止まり、彼女の顔をじっと覗いてきた。

モネはカラスに視線を向ける。

カラスの瞳の先にいる人物に伝えるように、モネは口を開く。

「用は済んだよ」

モネの言葉を理解したのか、カラスは彼女の肩から飛び去った。カラスが見えなくなった後に、モネは密かに嘆息する。

今は誰にも見られていない。

それを意識した瞬間、彼女の瞳からふいに涙がこぼれ落ちそうになった。

彼女はぐっと唇を噛み、感傷的な気持ちを抑える。自分に泣く資格なんてない。

学園での思い出は全て虚構であり、今、この瞬間すらも嘘だ。嘘で塗り固められた人生が彼女を覆っている。

「助けて……」

少女の呟きが静かな森の中に消えていく。モネの口から漏れ出た言葉は果たして本心なのか、彼女にもわからなかった。

◇◇◇

場所が変わり、クリスと刀を構えた青年が向かい合っていた。

激しい戦いの痕が、辺り一帯に広がっており、戦闘の激しさを物語っていた。

倉庫が崩れ、木々が凍りついた上に斬り倒されている。

「そろそろ降参してくれないか？」

クリスが言うと、男は愉快そうに口元を釣り上げた。

「面白いこと言うね！」

男は致命傷とまではいかずとも、それなりの傷を負っている。しかし、その瞳には降参する意思は全くなく、むしろこの状況を楽しんでいるようにみえた。

「……ほんとにタフなやつだ。嫌になるよ」

戦いはクリスが優勢で進んでいた。

クリス・クリフォードの強さは、三ツ星の中でもトップクラスに入る。

【氷結の悪魔】の異名は、クリスの理不尽なまでの強さが悪魔を彷彿《ほうふつ》とさせつけられたものだ。

そんな彼女が本気を出してここまで耐え続けた青年。その実力の高さが窺える。

あは、あは、あははは、と青年は笑い声を上げた。

「今日は最高の日だ！　君を斬れたらなんて想像すると……あぁ、ゾクゾクするよ」

「ごちゃごちゃ、うるさいやつだな……人斬りジャック」

「僕の名前を知ってるのかな？　それは光栄だね」

「第一級犯罪者の特徴くらい、把握していて当然だ」

危険度が増す度に犯罪者の等級が上がっていく。

その中でも、第一級は最も高く……言い換えれば、最も危険な人物の1人だ。

過去には第一級の上に災害級があった。【魔女】や【狂人】が災害級犯罪者として挙げられる。

「僕も有名になったものだ。楽しく人を斬っているだけなのに」

「人斬りにふさわしい、狂った考えだな。その刀で何人殺《や》った？」

「殺した数なんて覚えてないよ。君は、毎日の空の色を覚えているかい？　街中で会う人のことを覚えているかい？　食べたご飯のことを覚えているかい？　そんなわけないよね？　どうでもいいことなんて、一々、覚えてないんだよ」

クリスが無言のまま、凍てつく視線をジャックに向ける。

しかしジャックは、クリスの視線を物ともせずに続ける。

「僕が覚えるとしたら、斬ったときの快感だけさ。あれだけは忘れられない。最高の快楽とは魂の残るものだよ」

ジャックは恍惚《こうこつ》とした表情を浮かべた。

「人殺しに道理を説くつもりはないが……くたばれ、クソ野郎」

クリスは、先の尖った氷柱《つらら》を無詠唱で男の上に出現させた。

氷柱がジャックの頭上に落ちる。

しかし、ジャックは刀を一振りして氷柱を真っ二つに割った。

「氷千乱舞《ひょうせんらんぶ》」

クリスが続けて詠唱を行う。斬られた氷柱の形を変え、無数の小さな氷塊となった。

それらが、ジャックに向かって飛んでいく。ジャックは後ろに跳び攻撃を躱《かわ》す。

「朧月《おぼろづき》」

ジャックは、避けきれなかった氷塊を刀で振り落とす。彼の動きは柔《じゅう》。最小限の動きで氷塊を斬り落とす。

しかし、その刹那、クリスは次の攻撃に移っていた。

「氷霧一帯《ひょうむいったい》」

辺り一面が霧に覆われる。視界を奪われたジャックは慌てることはせず、静かに目を閉じた。

そして息を潜め感覚を研ぎ澄ます。

次の瞬間、ジャックは目を見開いた。

「天満月《あまみつつき》」

全方位に刀を振ると、確かな手応えを感じた。

パラパラと落ちていく氷の弾は、真っ二つに割れていた。

この戦いは一瞬の油断が命取りになる。綱渡りのような攻防にジャックは至高の悦びを覚えた。

「あぁぁぁぁぁ！　気持ちいいよ！」

彼は興奮が抑えきれず、戦闘の最中に叫んだ。

そして、身体強化を使って土を蹴り、風を切るように駆け出す。

視界が奪われたこの場所でも、ジャックはクリスの場所を掴んでいた。研ぎ澄まされた五感がクリスの位置を正確に知らせていた。

案の定、ジャックの進んだ先にはクリスがいた。ジャックはクリスに迫り、ニヤリと勝ち誇った笑みを浮かべる。

確かに、クリスは魔法使いとして並外れた戦闘力を誇る。三ツ星の中で最も警戒すべき人物だ。

並の三ツ星なら、ジャックが遅れを取ることはない。

明らかに、ジャックよりも実力が上の相手がクリスだ。そんなクリスに勝つための、シンプルな作戦がある。それは間合いを詰めることだ。

魔法使いの決定的な弱点。それは接近戦が苦手であることだ。如何《いか》にクリス・クリフォードが強かろうと例外ではない。

ジャックの間合いに入った。

ジャックは構えていた刀を強く握りしめる。そして、クリスの姿を見据え刀を振ろうとした、その瞬間《とき》だ。

「――――血結」

ジャックは、身体の内側から凍りつくような違和感を覚えた。同時に、自身の身体を思い通りに動かせなくなった。

ジャックの隙を作り出したクリスは、右手を突き出しぱっと手の平をみせた。

「顕現せよ、氷龍――――」

クリスの手の平から冷気を纏った龍が出現し、ジャックを飲み込もうと襲いかかった。

ジャックは身体強化を使って、無理やり体を動かす。刀を縦にし氷龍の口を刀で押さえた。

しかし、氷龍に触れた刀が、一瞬で凍りついた。

「く……っ……」

ジャックの本能的直観が危険を察知する。

彼は迷わず刀から手を離し、同時に地面を蹴って横に跳んだ。氷龍は直進し、ジャックのすぐ隣を通り過ぎていった。

氷龍の通ったあとは凍りつき、後方の森の一部が真っ白になっていた。冬でもないのに周囲の温度は急激に低下する。ジャックはクリスの氷龍の威力を思い知らされた。

「あぁ……これじゃあ、もう使い物にならないよ」

ぶらんとジャックは両腕を揺らす。右腕は肘まで、左腕は肩近くまで氷に侵食されていた。

ほんの一瞬でも判断を誤れば、全身が氷漬けになっていただろう。

「武器もない。体も使い物にならない。もう諦めたらどうだ？」

「あはっ！　諦める？　こんなに気持ちいいのに、どうして諦めるんだい？」

状況はジャックの方が圧倒的に不利だ。しかしそれでも、彼の瞳はギラギラと輝いている。この生命《いのち》をかけた戦いこそ、彼が望んでいたものだ。

「どうやら、馬鹿は死なないと治らないらしい」

クリスはため息を交えて言った。

次の瞬間、突如として現れた一羽のカラスがジャックの肩に乗り、彼の耳元で何かを囁く。

「あーあ。ここまでみたいだ」

ジャックは、心の底から残念そうに告げた。

「降参……ってわけじゃなさそうだな」

「本当に勿体ない。もっと殺り合っていたかったのに。なあ、君もそう思うだろ？」

「お前と一緒にするな」

ジャックが視線で訴えかけてきたのを、クリスは一蹴《いっしゅう》して否定する。

「嘘だ。君の僕を追い詰める眼。あれは僕と一緒だった。しかし、本当に残念で仕方ない。この戦いは後に取っておくとしよう」

「馬鹿を言うな。逃がすと思うか？」

クリスは、凍えるほどの冷たい周囲の温度を一段と下げた。

それは、息が詰まるほどの冷たさだ。普通の人であれば身体の奥底から凍りつくような寒気に、本能的な恐怖を抱くだろう。

しかし、ジャックは例外だった。

「またね！」

ジャックは、親友に別れを告げるような気軽さで言い放つ。

「―――氷結」

クリスは、瞬時にジャックを覆うように彼の周囲を氷で固めた。だが、クリスの発動した魔法の先にジャックはいなかった。

「……逃げ足が速いやつめ」

クリスは先ほどまでジャックがいた場所を睨む。そこには、大きな氷塊が1つある。そして、その中には、ジャックの片腕らしきものが閉じ込められていた。

◇◇◇

俺は目を覚ますと、医務室に寝かされていた。

ここ数日で、何回ここに来たことだろうか。

夢心地でふわふわしたように、思考が乱れている。

「モネ…………ッ」

バッと身体を起こし、俺は虚空に手を伸ばした。次の瞬間、脇腹に走った痛みで顔を歪める。

「目覚めたようだな」

俺の隣には、足を組みながらクリス先生が椅子に腰掛けていた。

「起き上がるな。さすがに今回の怪我は酷かった」

ナイフで刺された痛みが肩や背中、脇腹に残っている。だけど今はそんな痛みを無視してでも聞きたいことがある。

「モネさんは……どこですか？」

「知らん」

それはそうだ。本当に知らないのだろう。クリス先生はここにいないはずだ。

クリス先生が即答する。場所を掴んでいたら、クリス先生はここにいないはずだ。

俺は脇腹を押さえながら、ベッドから出ようとする。

「何をするつもりだ？」

「探しに行きます。まだ近くにモネさんがいるはずです……」

「無理だ。諦めろ」

クリス先生は、短く言い放った。

「どうしても、行きたいんです」

「行ったところで、どうする？　お前に何ができる？」

「モネさんを見つけて連れ戻します」

「連れ戻してどうする？」

「また、いつもの日常を……取り戻します」

自分で言いながら、それが夢物語だとわかってしまった。

「本気で言っているのか？」

クリス先生の言葉に、俺は何も言い返すことができない。

今の俺には何もできない。力がない。

「お前は甘い……甘すぎる」

何も言えずにいた俺に、クリス先生は冷たく告げる。

「……わかっています」

「わかってないな。わかってるなら、そんな甘い言葉は出てこないはずだ」

クリス先生の鋭い視線が突き刺さった。

俺は、ユリアンとモネが話していた内容を思い返す。回帰集団と言っていた気がするが、なんのことか全くわからない。

ただ、良くない集団にモネが属していることはわかった。それだけで、俺は本当に何も知らない。

あの場で1人だけ何もわからず、俺だけ取り残されていた。

「……モネさんが……どうして……」

何も知らない自分に嫌気がさす。

「教えてください。回帰集団ってなんなんですか？」

クリス先生は少し考えた後、俺に視線を合わせてきた。

「平等とは、なんだと思う？」

平等――辞書を引けば、差別がないこと、みんなが等しいこと、と出てくるだろう。

「皆に、等しく権利が与えられることです」

俺は模範的な回答を口にした。しかし、自分で言っておきながら、それが空虚なものだと思った。

「それなら、この世界は平等と言えるか？」

「そんなことありません」

俺は首を振って否定する。

貧しい者と富める者。貴族と平民。魔法を使える者と使えない者。

その他、数え切れないほどの不平等が、この社会を埋め尽くしている。一定の努力をすればそれなりの結果を望めた日本とは、全く異なる。

生まれ落ちたその瞬間から、努力ではどうにもできない壁がある。

「そもそも、だ。平等なんてものはあり得ない。誰かが得をしていれば、どこかの誰かが損をしている。社会とは、損得を前提に成り立っている。それなら、私達が生きるこの社会では誰が一番得をしている？」

魔法至上主義という言葉が、当たり前のように使われている社会。魔法が使えるだけでどれだけ人生が楽になるか。そして、魔法の存在が、どれほど俺に恩恵を与えてくれたか。それらを知らないほど俺は無知ではない。

「最も得をしているのは、魔法使いです」

身分が低く貧しい者でも、魔法があれば一代で成り上がることができる。逆に、魔法を使えなければ、ペッパー家のように一代で失墜することもある。それが魔法至上主義だ。

そうだな、とクリス先生は俺の答えに頷いた。

「魔法使いは力を持つことをいいことに、自分勝手にルールを決めてきた。その結果、魔法至上主義に不満を持つ者達が現れた」

「それが回帰集団ってことですか……？」

「そういうことになる。ところで、オーウェン。どうして星付き制度があると思う？」

「それは……一流の魔法使いの証として、です」

「その認識も間違ってはいないが……。それなら、なぜ魔法を使える者だけが優遇される？　身体強化でも十分、星付きを倒せる者だっているのに」

魔法使いが偉いとされるのは、魔物を倒せるだけの力があるからだ。

その論法でいけば、身体強化だけで星付きと渡り合える人にも、星付きと同様の称号を与えていいはずだ。

だが、そんな称号は存在しない。

それは……と言って、俺は言葉に詰まらせた。答えがわからなかったからだ。

「星付きは偉い、と一般市民に認識させておくことで都合が良くなる。星付き制度は魔法使いのための制度ってことだよ。これは氷山の一角だ。他にも、魔法使いを優遇する制度はたくさんある。お前も十分にその恩恵を受けてきたはずだ。もちろん、私もな」

クリス先生は続けて言う。

「さっきお前は聞いてきたな。モネがどうして？　と。簡単なことだ。モネが恩恵を受けられない立場だったからだ。もしも、モネが一般人のように、何も持っていない者なら諦めがついただろう。だが、彼女は暴力に訴えられるほどの力を持っていた。……とまあ、あくまで私の推測だ。本当のことは知らん」

俺は、自分の無知を突きつけられたようで耳が痛かった。周りは魔法が使える者ばかりで、いつしか自分が特別恵まれた立場にいることを忘れていた。

人は自分の周りの環境が全てだと思う節がある、しかし、それで片付けていいことじゃない。

「僕は……どうすれば……」

答えを求めるように、クリス先生の顔を覗く。

「自分で考えろ。私は教師として、魔法を教えることはする。人として間違った方向に進んでいたら、殴ってでも止めるだろう。だが、お前の行く末まで教えたりはしない」

クリス先生の突き放すような冷たい言葉に、俺ははっとさせられた。

自分が進む先は、自分で決めなくちゃいけない。

他人に選択権を委ねるな、とクリス先生は言いたいのだろう。

俺は、脇腹を押さえながらポツリと呟く。

「痛いです」

その痛みが、モネの苦しみを表しているようだった。彼女の最後の表情がどうしても頭から離れない。酷薄《こくはく》な表情の裏で、彼女が泣いているようにみえた。

「痛みのない経験に意味はない。その痛みは、お前が成長している証拠だ」

「こんな痛みが成長というなら……成長なんてしたくないです」

痛みも成長もいらないから、せめて、みんなで笑い合える明日が欲しい。

「魔法が願いであるなら、大切な人が誰も傷つかない未来《あした》を望みます。その望みを叶えるために大きな痛みが伴うなら、それは今日のこの痛みを最後にしたいです」

モネの残した傷跡は、思った以上に深く俺の心を抉った。

たかが友人を一人なくしただけ、と割り切れないほどの悲しみだ。もうこれ以上失いたくない。

「そうあって、欲しいものだな」

クリス先生は、真剣な眼差しで呟いた。

四大祭の最終日となった。

全ての試合が終了し、閉会式を迎えていた。四大祭は俺が棄権《きけん》したこと以外は、滞りなく進行したらしい。

その棄権が、結構な騒ぎになったらしいけどな。そんなこんなで、中等部の優勝はベルクだ。そして、俺は準優勝だ。

授賞式が始まると、学園長が初等部から順に入賞者に賞状を渡していく。優勝者にはトロフィーが贈られていた。

次に中等部部門の授賞式に移った。

まずは、ベスト8まで進んだ者達が、学園長から賞状を貰っていく。その中には、ナタリーの姿もあった。

そして、続いてはベスト4――カイザフとユリアンだ。

優勝が見込まれていた2人であり、ベスト4という結果に不満もあるだろう。特にユリアンに至っては、優勝候補筆頭だった。

しかし、さすがは中等部3年生だ。悔しい表情を一切見せず、堂々と賞状を受け取っていた。

そして、俺の番になる。

会場が少しだけざわつく。

決勝戦に俺の姿がなかったことで、様々な憶測が飛び交っていた。

昨日の出来事について、真実を知るものは少ない。そうは言うものの、人の口に戸は立てられないため、モネが回帰主義者であることはすぐに広まってしまうだろう。

静粛《せいしゅく》にと学園長の一言によって、会場が鎮まる。

「準優勝おめでとう。これからの活躍を期待する」

短い祝いの言葉とともに、俺は賞状を受け取った。

「ありがとうございます」

俺は恭《うやうや》しく頭を下げた後、一歩後ろに下がる。そして、最後にベルクの番だ。

「優勝おめでとう。その功績に応じ一ツ星を授けよう」

学園長は一ツ星が刻まれているバッジを、ベルクに差し出す。だが、ベルクはバッジを受けとろうとしない。

会場が、ざわざわと騒がしくなる。学園長が早く受け取れ、と視線でベルクを貫く。

「このバッジは受け取れません」

ベルクは、おもむろに口を開いた。

「受け取れない？　それはどういうことだ？」

「優勝者でない僕が、受け取る資格はないということです」

学園長の、ベルクに対する視線が厳しくなる。それでもベルクは毅然《きぜん》とした態度を崩さない。

「それは……オーウェンが棄権したことを言っているのか？」

「その通りです。こんな状態で得た星付きに、価値はありません」

「勝ちがない……か。では、どうする？　この星付きバッジを、捨てろとでも言うのか？」

学園長がベルクと目を合わせながら問うた。

星付きバッジを捨てる、というのがどういうことを意味するか。

星付きバッジとは最も栄誉ある勲章《くんしょう》の1つである。その受け取りを拒否すれば、今後に大きな影響を及ぼしかねない。加えて、ベルクは魔法を使えない王子という微妙な立場でもある。下手をすれば、魔法至上主義を否定していると王侯貴族から反感を招きかねない。

だからこそ、学園長は眉間にしわを寄せベルクを見ているのだ。しかし、そんな視線を意に介さず、ベルクは堂々と佇んでいる。

彼は、学園長の威圧感たっぷりの目を見返す。

「このような形で一ツ星を手に入れるくらいなら、捨てた方がマシです」

ベルクは強く言い切った。

異例の出来事に、会場のざわめきが一層強くなる。

「静粛に！」

学園長は先ほどとは違い、もはや怒気《どき》すら含んだ声で叫んだ。

「お前の都合で受け取りの拒否はできない。優勝者には、バッジを受け取る義務と責任がある」

「わかっております」

「だが、お前の言い分もわかる。誰かが意図的に優勝を操作したとなれば、そちらの方がよほど問題だ。長い歴史のある四大祭が、そして我が国の文化が穢《けが》されたも同然。それは由々しき事態であり、見過ごしてならないことだ」

学園長は大声で力強く、そして語りかけるように話す。

「ならば、だ。今この場で、本当の決勝戦を行うのはどうだろうか？」

学園長の提案で、静まっていた会場がまたもや騒がしくなる。

だが、決勝戦の実現に対し、否定する意見はほとんど出てこなかった。むしろ、誰もがそれを望んでいるかのような、そんなざわめきが会場を支配していた。

ユリアンを打ち破った俺と、身体強化のみで決勝戦まで勝ち上がったベルク。加えて、２人とも中等部1年生だ。

会場の興奮が、対戦を望む人の多さを示していた。

「どうだ？　これなら問題なかろう」

「はい。ご厚意《こうい》に感謝致します」

ベルクは深々と頭を下げた。

「ということだ、オーウェン。お前はどうする？」

学園長とベルク、そして会場全体の視線が俺に向けられる。もちろん俺だって、決勝戦に出たかった。

ここまで勝ち進んだのに、最後に棄権した。そんな中途半端な結果に対し、不満を持たないわけがない。

「本当にこれでいいんだな？」

俺は念を押すように、ベルクに尋ねた。

「僕は君と戦いたい。どうしても、君に勝ちたいんだ」

ベルクが一切の迷いなく、澄み切った瞳でそう告げてきた。

それなら俺の回答は1つだ。俺は頷くと、学園長に視線を向けた。

「戦わせてください」

学園長は俺の言葉を満足そうに受け、会場に響き渡る声で叫んだ。

「では！　これから中等部部門の決勝戦を行う！」

その宣言により、会場が爆発的な熱気に包まれた。彼ら観客も、俺と同じように消化不良らしい。

演劇を見に行ったら、クライマックスで突然、照明が落ちて閉幕なんて誰だって嫌だろう。

しかし、もし、その直後に照明がぱっと輝き真のクライマックスが始まれば、観客の興奮は最大になるだろう。つまり、四大祭の決勝という王国最大のエンターテインメントを、最高の形で楽しめることに観客は歓喜しているのだ。

そんな熱狂の最中、すぐさま会場のセッティングが行われた。

そして、俺はベルクと対峙する。

クリス先生から、星付き制度の裏側を教えられた。しかしそれでも、一ツ星が欲しい。

「後悔するなよ」

「ここで君と戦わなかった方が後悔する」

ベルクと短い会話をした後、俺達は黙って審判の合図を待つ。

俺の身体は万全の状態ではない。昨日の傷がまだ癒えていない。

回復魔法は、本人の治癒能力が低ければ機能しにくいとファーレンが教えてくれた。

連戦で疲弊した身体に、モネの事件だ。当然のように身体が悲鳴を上げている。

だが、不思議と負ける気がしない。唐突に開かれた決勝戦で普段なら慌てふためくはずなのに、

今は酷く冷静な自分がいる。

騒々しかった会場も、この瞬間だけは静かだ。

臨時で審判を務める学園長が、すっと右手を空高く上げた。そして、決勝戦開始っ！　と叫びながら手を振り下ろした。

それと同時に、ベルクが身体を前方に傾けるのが見えた。次の瞬間、彼は地面を蹴って急速に接近してきた。その自然な初動からの爆発的な移動速度によって、一気に距離を詰められる。

俺は、いつになく冴えた頭でベルクの動きを見ていた。すっとベルクに向かって、人差し指を向ける。

今、ここで自分の弱さを捨てる。

今まで、人を傷つけるのが怖かった。だから、人を傷つけたくなかった。しかし、それは自分の心が傷つくのが怖かったからだ。

【銃弾】が使えないでいたのも、かつてのトラウマが蘇るのを恐れたからだ。

だけど、そんな弱さはもう捨ててしまおう。

見て見ぬ振りをすれば、今だけは痛みを感じずにいられる。でも、きっといつか大きな傷を負うことになる。そうして、大切な人を失ってしまったとき、自分の弱さを呪うだろう。

そんな未来はいらない。だから、弱さはもういらない。

ベルクはこの一瞬に全てをかけているかの如《ごと》く、猛然と迫ってきた。

そんな彼に向かって、人差し指で照準を合わせる。

狙うのは太ももだ。呼吸が深くなり、時間の経過がゆっくりと感じられた。

全てを一瞬に込める気で、俺はベルクを見据える。

「――――銃弾！」

どんっという低い発射音が、会場に響き渡った。

◇◇◇

負けたくない。その思いだけで勝つことができたら、どれだけ楽だろうか。

努力も、才能も、全て気持ちだけで上回ることができるたなら、きっとこんな苦しい思いはしない。

ベルクはオーウェン・ペッパーを目の前にし、そんなことを思った。

オーウェンから放たれた黒い弾。あまりに自然な動作から放たれた一撃は、ベルクの太ももを正確に撃ち抜いた。

「く……ッ」

ベルクは弾が貫通した太ももを押さえ、苦痛に顔を歪めた。

オーウェンの対策をしてきたつもりでいた。【飛翔】という二つ名を持つオーウェンだが、警戒すべきなのは飛行魔法ではない。

オーウェンがただ空を飛べるだけなら、ベルクは彼に対抗心を抱くことはなかった。

オーウェンの恐ろしいところは、魔法の威力にある。

初歩レベルの火球でさえも、彼が扱えば必殺の一撃だ。一発でもオーウェンの魔法が当たれば、致命傷にもなり得る。

そして、ベルクは致命的な一撃を受けてしまっていた。しかし、試合はまだ始まったばかりだ。

――ドンッと会場に轟く音。

直後に、オーウェンの指から放たれる銃弾。ベルクはかろうじて二度目の銃弾を避ける――しかし、オーウェンとの距離を縮める手段がなくなってしまった。

だらだらと太ももから流れる血が、地面を赤く染める。

確かな痛みが、ベルクの敗北を訴えかけている。

ああ、なんて遠いのだろうか。ベルクは心の中で呟いた。

ベルクとオーウェンとの距離は、数メートルだ。

万全の状態で身体強化を使えば、一瞬で詰められる距離である。だが、この数メートルはベルクにとって果てしなく遠い。

「イフリートよ、灼熱をもって――」

オーウェンが【イフリート】の詠唱を始める。

それを聞いたベルクは身体強化をし、両足に力を込める。太ももに激痛が走る。

ベルクは痛みを意識の外に追いやり、オーウェンが詠唱を終えると同時に地面を蹴った。

目の前に迫りくる灼熱の炎は、息苦しさを覚えるほど熱い。

生身でその炎に包まれれば、黒焦げになってしまうだろう。

膨大な熱量にベルクは怖気づく。

本能がベルクに逃げろ、と命じてくる。誰だって、燃え盛る火の中に飛び込みたいとは思わない。

だが、ベルクは本能から来る恐怖を抑えつけた。危険を乗り越えた先に、初めてチャンスが訪れる。そう決意し、炎の中に身を投じた。直後――焼き尽くすほどの熱さに気が狂いそうになった。体中の水分が蒸発してしまいそうだ。

ここまで試合開始から、まだ数秒しか経っていない。それにも関わらず、ベルクの体はボロボロだった。

炎の中にいる時間は、ほんのコンマ数秒である。

だが、体が燃え尽きてしまうほどの灼熱の中、その一瞬は体感的には何十秒にも感じられた。とてつもない忍耐力で灼熱に耐えたベルクは――次の瞬間、炎の中から抜け出すことに成功した。

目の前にはオーウェンがいる。

ベルクは、剣のグリップを右手で強く握りしめた。

体がはち切れようとも構わない、そう言わんばかりに身体強化を最大限に発動する。

時間が極限まで圧縮された。

今この刹那に全てをかける。その思いを胸にベルクは一歩踏み込んだ。

「オォーーウェン!!」

努力も、才能も、精神《こころ》も、命さえも、全てをこの一撃に込め、叫ぶ。

ベルクは鞘から剣を抜き、オーウェンに向かって振ろうとした――そのとき。

「――――引力発動」

オーウェンの重力魔法が発動した。次の瞬間、抗いきれない重みが、ベルクの身体にのしかかる。

「が……あぁ……」

ベルクは地に伏せた。

彼の一撃は、オーウェンに届かなかった。

全身に重石《おもし》が載っているかのように、彼の身体はピクリとも動かない。予想もしていなかった魔法の一撃に、ベルクは自身の敗北を悟った。

あと一歩だった。すぐ目の前にオーウェンがいる。しかし、その一歩は、果てしなく遠い一歩だ。

ベルクは届かなかった剣《りそう》に、無念の思いを募らせる。

勝ちたかった。

負けたくなかった。

思いだけで勝てるのなら、どれだけ楽だろうか。

ベルクは、悔しさに顔を歪ませながら負けを認めた。

◇◇◇

急遽《きゅうきょ》開かれた中等部部門の決勝戦。それは、試合時間にして数秒のこと。目を凝らしていなければ、見逃してしまうほどの短い戦いだった。

地面に伏しているベルクと、それを見下ろしながら佇むオーウェン。

「勝者――――オーウェン・ペッパー！」

学園長の高らかな宣言が響く。

観客は、一瞬の出来事に呆然としていた。だが、この戦いを馬鹿にするような雰囲気は一切なかった。

全てが詰め込まれた一瞬は、何十秒、何百秒と凡庸《ぼんよう》な試合を見せられるよりも、遥かに価値がある。この場で、この一戦を見られたことに対し、会場にいた人々は言葉では表現できない高揚感を味わっていた。

その興奮は叫びとなって爆発し、会場全体が割れんばかりの拍手と歓声で包まれた。

勝者であるオーウェンだけでなく、最高の試合を見せてくれたベルクにも向けられたものだった。

オーウェン対ベルクの決勝戦。

それは四大祭の中でも、最高の試合の1つとして語り継がれるほどの、劇的な試合となった。

こうして、オーウェンの勝利とともに、長い長い四大祭は幕を閉じた。


四大祭が終了し、久しぶりの休暇が訪れた。俺は四大祭の疲れを癒やすために、自室でゆっくりしていた。

午前からずっとベッドで寝転びながら、ぼけーっと外の景色を眺めている。雲が風に乗って流れる姿は、空を悠々と泳いでいるように見える。

暇なときには色々と考えてしまう。思考も段々と悪い方向に向かっていく。だから、じっとしていられずに部屋を出ることにした。

ちょうど昼飯の時間だったため、ぶらりと商業エリアに寄り、そこで適当に食事を済ました。

「何しよっかな」

正直、何もする気が起きない。

四大祭がハードスケジュールだった反動で、自分でも驚くほど気力が抜け落ちている。近くの公園に寄って、どかっと椅子に座ってみた。

そこで、一瞬だけ水色の髪が目に入った。

モネさん！　と声をかけそうになったが、すぐに別人だと気づく。

モネがこんな場所にいるはずがない。

四大祭の直後に、俺はトールに真実を告げた。そのときの彼の絶望と、虚ろな瞳を鮮明に覚えている。真実を告げない方が良かったのか、と罪悪感を覚えてしまうほどだった。

トールの、誰も寄せ付けないような雰囲気に、なんて声をかければいいかわからなかった。

あの事件で一番傷を負ったのはトールだ。最も信頼していた相手に、裏切られたのだから。

だらんと身体を投げ出すように深く腰掛け、ぼんやりと空を眺める。

どんよりとした雲。手を伸ばしてみるが、雲には届かない。

まあ、そうだよな、と呟く。届くはずがない。飛行魔法を使えば、雲に届くかもしれないが、そんなことする気にもならない。

「……暇だ」

ポツリと呟く。やることが急になくなると寂しさが募る。

脚を、ぶらん、ぶらん、とさせていると、急に灰色の空が遮られた。代わりに、こちらを覗き込む影が現れる。

「オーウェン。優勝おめでとう」

カイザフが俺を見下ろしていた。

「ありがとうございます」

俺の胸には、四大祭で貰った一ツ星のバッジが輝いている。俺は体勢を整えて、カイザフを見た。

「カイザフさんも、おめでとうございます」

「ははは。優勝、準優勝を一年生に取られた身としては、情けない限りだけどね。オーウェンは本当に凄いな」

「そんなこと……ないですよ」

「そんなことある。もっと、自分に自信を持っていい」

カイザフはそう言った後、視線を外してきた。

「オーウェンには申し訳ないことをした。すまない」

なんのことですか？ と聞きかけるが、思いなおす。このタイミングで俺に謝罪したということは、おそらくモネのことを言っているのだろう。

「なんで……謝るんですか？」

俺の問いに対し、カイザフは何か言おうと口を開《あ》けるが、すぐに閉ざす。

「知っていたんですか？」

質問を変えて尋ねる。

そう言えば以前、カイザフにモネとの関係を聞いたことがある。

当時、カイザフはモネのことを〈敵対者〉と表現していた。そのとき俺は〈ライバル〉というニュアンスで捉えていた。しかし、あのときの言葉は、そのままの意味だったのかもしれない。

カイザフが、少し悩んだ素振りを見せてから口を開く。

「知っていた……ってほどではない。でも、いつかこういう日が来ると予想していたよ。だけど、来なければいいと願っていた。気づいていても、気づかないふりをしていた。彼女がどこかに消えてしまいそうで怖かったんだ」

俺は黙ってカイザフを見つめた。

カイザフが何を知っていたのか、今の言葉だけでは判断できない。ただ、彼の表情から深い悲しみが伺えた。俺は何も言うことができなかった。

「オーウェンには、辛い想いをさせてしまったね」

カイザフが懺悔《ざんげ》するかのように目を伏せる。

「いえ……そんなことは……」

「俺が言うのもなんだが……魔法がなければ良かったのにな。それならば――」

「何も変わりませんよ。……あってもなくても、何も変わりません」

カイザフが最後まで言い切る前に、俺は口を挟んだ。

それは違う、と俺は思った。

魔法が問題なのではない。魔法を扱う人が問題なんだ。

素晴らしい技術であっても、使い方によっては大量殺人の道具に成り果てる。結局、全て人が原因で問題が起きている。

魔法は素晴らしいものであると同時に、様々な問題を孕《はら》んでいる。

人間が、様々な問題を引き起こしているのだ。

「そうだな。その通りだよ。今日は少し感傷的になっているのかもしれん。……休むとするよ」

「はい。お疲れさまです。ゆっくり休んでください」

カイザフと別れた後、俺はしばらくしてから公園を出た。

そして、男子寮に着いた。寮の前では、ナタリーが誰かの帰りを待つように立っていた。

ナタリーが俺の足音に反応し、パッと振り向いた。

「優勝おめでとう」

「ありがとう」

そう言いながら、俺は彼女の前に立つ。

「どうして、ここに？」

「部屋に行ったら、オーウェンが居なかったの」

ずっと、ここで待っていてくれたのだろうか？

俺はナタリーを見ながら考えた。それなら申し訳ないことをしたな。

「ちょっと散歩してた」

「オーウェンは、いつもどこかに行っているわよね」

心当たりがあるため、俺は何も言え返せない。

ナタリーは黙っている俺を一瞥した。

「初等部の頃も……昨日も。約束した次の日に姿を消すなんて……どれだけ心配したことか……」

どこにも行かないと彼女に約束した。それなのに、誘拐事件に巻き込まれてしまった。すぐに約束を破る男って最低だよな。

俺は自嘲気味に、ごめん……、と謝る。

「ううん。別に責めたいわけじゃない。心配したけど、ちゃんと戻ってきてくれると信じていた。でもやっぱり不安で……それで顔を見たくなっただけ」

ナタリーには、誘拐事件のことを話していない。

しかし、彼女はなんとなく何が起こったのか、知っているような気がした。だから、深く追及してこないのだろう。

それが、ナタリーの優しさのように感じられた。

「四大祭を通して、決めたことが1つある」

「何かしら？」

ナタリーは、首をかしげ尋ねてくる。

「俺の、生き方について」

「生き方？　漠然としているわね」

詳しく教えて、とナタリーが視線で訴えてきた。

俺は頷き、告げる。

「大切な人を守りたい。そのために、俺は三ツ星になる」

立派な肩書が立派な人の証明にならないように、三ツ星だから立派だと言う気はない。

でも、力がなければ守れないものがある。権威や権力がいらないと言うには、俺はあまりにも未熟すぎる。

「三ツ星として、大切な人を守れる魔法使いになる」

これは、俺のちっぽけな願いを叶えるための大きな決意表明だ。

俺の言葉を聞いたナタリーは、そうねと頷く。

「そのときは、オーウェンの隣にいるのが私でいたい」

彼女は、決然とした意思を瞳に込めた。

今後、俺たちの行く先に何が待ち受けているはわからない。もしかしたら、四大祭で経験したこと以上の大きな苦難が待ち受けているかもしれない。

それでも、三ツ星をなると決めた。

怖いと言って立ち止まることもできない。何もできずにいる自分が一番嫌だと、今回の出来事で気付かされた。

明日を、今日よりも良くするために踏み出す。

夕暮れどき。地平線の彼方、曇天の隙間から赤い空を覗きながら。俺は覚悟を決めた。

◇◇◇

窓から入る月の光が、部屋をほんのりと明るくする。室内には黒帽子の男がいた。

丸テーブルに年代物の高級ワインが置かれている。

男は、濃い赤の、熟成されたワインが注がれているグラスを眺めていた。そして、緩慢な動作でグラスを顔の前に持っていき、中の匂いを嗅いだ。

アロマの香りが鼻孔を刺激し、それをひとしきり堪能する。

そして、ワインを口に入れると、口の中で酸味が広がった。その後、ワインを喉に流し込み、飲んだ後の余韻《よいん》を愉《たの》しむ。

そうして、彼はすっと目を細めた。

「うーん、悪くないですね」

男は、四大祭に少しだけ介入してみた。

ベルクが誘いに乗ってくれると彼は思っていなかった。断られることを前提にベルクの前に姿を現した。

なぜ、わざわざ目立つようにベルクの前に現れたのか？

もちろん理由がある。あの場でベルクと話した。その事実にこそ意味があるからだ。

偶然にも、あの場……つまり、男とベルクの交渉を見ている者がいたとしよう。

その者が「ベルクが決勝戦前日に、怪しい人物と取引をしていた」と証言するだけでいい。

翌日にオーウェンが棄権し、ベルクが優勝する。果たしてこれらの事実を、人々がどう結びつけるか。

ベルクが優勝するために不正をしたと、そういう噂が流れるはずだ。

なぜなら人々にとって、噂が事実であるかどうかは決して重要なことではないからだ。

退屈な人生にスパイスを与えてくれる情報を群衆《ぐんしゅう》は好む。そうして、愚かな人々が噂に踊らされる。

それが、男の狙いだった。ついでに、オーウェン・ペッパーを殺せれば最良の結果だった。

失墜《しっつい》したとはいえ、魔法の名門であるペッパー家は厄介だ。できれば、ここで排除しておきたかった。

しかし、それは今回、重要ではない。

既にブラックの悪評が広まっており、オーウェンがどれだけ頑張ろうと一度落ちたペッパー家の信頼を取り戻すには相当な時間がかかる。

また、今回の計画はあまりにも杜撰だった。

裏でアルデラート家との駆け引きが行われており、仕方なくモネとジャックを使ったのだ。

「気まぐれなジャックと情を残すモネが、オーウェンを殺せるとは思っていませんしね」

オーウェンが死ねば最良の結果だ。そうでなくとも、オーウェンが決勝に出なければ良いと考えていた。

オーウェンがモネを助けに行かない、という選択肢もあった。それなら、助けに行かなかった事実を上手く活用すれば良い。

どう転んでも男の不利益にはならない……と高《たか》を括《くく》っていた。だが、最後の最後で男の思惑が外れることになる。

「まさか、決勝戦が行われるとは予想外でしたよ」

ベルクが、自身の優勝よりもオーウェンとの戦いを望んでいたこと。

それが誤算の1つ。

そして、オーウェンが優勝したのも誤算といえば誤算だった。ベルクが優勝のために不正を働いたという、噂の信憑性《しんぴょうせい》がなくなってしまった。

「そういうこともありますか」

男は納得するように頷いた。

確かに、男の思惑から外れる結果となったが、悲観するほどでもない。

今回の出来事は前座だ。

魔法至上主義社会に楔《くさび》を打ち込むための手段は、他にもある。

「王都が血に染まる日は、そう遠くありませんよ」

黒帽子の男はワインの赤に、燃える王都を重ねた。人々が恐怖に顔を歪める姿を想像する。そして、愉悦を露《あらわ》にして嗤《わら》った。

# あとがき

こんにちは、米津です。

読者の皆様、書籍化を発表した際に応援してくださった皆様、本当にありがとうございます。

無事、悪徳領主の二巻を出すことができました。

一巻から読んでいただいた方は、気づいているかもしれませんが、一巻と二巻では書き方を大きく変えました。

個人的には、二巻の方が読みやすい文章に仕上がっていると思います。

文章が変わりすぎて、逆に、読みにくくなったという方には、申し訳ないことをしました。

また、Ｗｅｂでの投稿作品（同作品）と比べても、変更点が多く、Ｗｅｂの作品を見て頂いている方は、少し混乱しているかもしれません。

書籍版が本筋になるので、混乱したときは、こちらを参考にしてください。

話は変わりますが、今回の四大祭のような武闘大会を書く際に、知り合いから、執筆が止まるんじゃないか、と言われたことがあります。

理由としまして、武闘大会は話が進みにくく、単調な物語になりやすいからです。

しかし、その心配は全くの杞憂で、四大祭を書くのが楽しくて仕方ありませんでした。

各キャラの心情や、主人公の別れと成長を書いていると、私自身が物語に没入してしまい、結果的に、最後まで楽しく書くことができました。

この本を手に取ってくださった方も、同じように、四大祭を楽しんで頂けたら幸いです。

さて、皆様は『圧巻』の語源をご存じでしょうか？

〈巻〉は科挙（中国の官吏登用試験）の答案で〈圧〉は上から押さえることであり、最も優れた答案を一番上に置いたことから、一番優れたものを『圧巻』と表現するようになったらしいです。

これを、小説に置き換えて考えました。

小説とは、巻を追うごとに、物語が積み上げられていきます。

そして、最後の作品は、全ての〈巻〉の上に置かれ、圧巻の作品が出来上がります。

つまり、私の二巻目の作品は、私の中で圧巻の作品になっているということです。

しかし、本作は、誰もが圧巻と認める作品ではないとも考えています。

私は、これからも多くの作品を生み出し、圧巻の作品を作り続けていきます。

そして、いつか、読者の皆様が「圧巻だ」と思える作品を生み出すためにも、書き続けていこうと思います。

まだまだ先は長そうですが、これからもよろしくお願いします。

最後となりましたが、二巻を刊行できたのも、多くの方の支えがあってのことであり、皆様に感謝を申し上げます。

素敵なイラストで本作を着飾ってくださった児玉酉様、出版に携わってくださった皆様、そして、ここまで本作を読んでくださった読者の皆様、本当にありがとうございます。

BKブックス

悪徳領主の息子に転生!?

～楽しく魔法を学んでいたら、汚名を返上してました～ 2

2021年4月20日　初版第一刷発行

著　者　米津《よねづ》

イラストレーター　児玉酉《こだまゆう》

発行人　今 晴美

発行所　株式会社ぶんか社
〒102-8405　東京都千代田区一番町29-6
TEL 03-3222-5150（編集部）
TEL 03-3222-5115（出版営業部）
www.bunkasha.co.jp

装　丁　AFTERGLOW

編　集　株式会社 パルプライド

印刷所　大日本印刷株式会社



ISBN978-4-8211-4588-1